Tiara Label

ティアラ文庫

買われた王女

水島 忍

presented by Shinobu Mizushima

プランタン出版

イラスト／秋那ノン

目次

※本作品の内容はすべてフィクションです。

序章　思い出は王子様と

アルマースト王国は、平和を愛する王と王妃が治める豊かな国だった。

小高い丘の上に建つ石造りの王の居城は、大小の尖塔《せんとう》をたくさん有し、優美な風情を醸《かも》し出している。

四歳の王女ルシェンナはその城の中庭の花壇に入り込み、ドレスの裾《すそ》が土や草の汁で汚れるのにも構わず、せっせと花を摘んでいた。

黒髪に黒い瞳。白い肌に薔薇色の頬。ルシェンナの可愛らしさは外見もさることながら、姫にあるまじき奔放《ほんぽう》な子供らしさにあった。

「姫様、早くご用意をなさいませんと」

年配の乳母がおろおろしながら、ルシェンナを急かす。姫らしい美しいドレスを着せ、王の下へ連れていかなくてはいけないのに、ルシェンナはなかなか言うことを聞こうとしてくれない。いつもは、こんなに我がままではないのだが。

乳母は困り果てていた。

ルシェンナは摘んだばかりの花束を、小さな手で振り回した。

「だって、王子様が帰っちゃうのよ！　あたしのお花を渡すんだから！」

十歳になる金髪で青い目をした王子様は、ルシェンナのお気に入りだった。彼はよその国から招かれた王子様で、まるで人形のような綺麗な顔をした少年なのだ。あんなに綺麗な顔をした男の子は他に見たことがなかった。この国では、金髪や青い目はとてもめずらしい。初めて彼の顔を見たルシェンナは、しばらくぽかんと見蕩《みと》れてしまい、その場に居合わせた人達に大笑いされたくらいだ。

「でも、もうそれくらいでよろしいでしょう？　さあ、姫様がもっと可愛らしくなるように、お召し替えを致しましょうね」

乳母はルシェンナの手を引き、城の中へと連れていこうとした。ところが、ルシェンナは小石に躓《つまず》いて、倒れてしまう。手をついたため、せっかく摘んだ花がすべて散らばった。それを見たルシェンナは大声で泣き始めた。転んだときに地面についた膝と掌《てのひら》が痛い。その上、せっかく集めた花は自分の手から放れてしまった。大好きな王子様と別れる淋しさもあり、ルシェンナはワアワアと声を上げて泣いた。

「姫様、泣かないでくださいまし。ばあやが拾いますから」

「だって……だって……王子様がぁ……」

ルシェンナがしゃくり上げながら、自分の悲しい気持ちを訴えていると、背後から誰かが声をかけてきた。

「おちび姫、どうしたんだ？」

王子様の声だ！

ルシェンナは手でごしごしと涙を拭きながら、振り返った。そこには、金色の髪がきらきら光る天使のような少年がいた。ルシェンナの大好きな王子様だ。

ルシェンナの顔を見た少年はクスッと笑う。そして、ポケットから真っ白なハンカチを取り出すと、ルシェンナの前に屈《かが》んで、彼女の顔を拭《ふ》いた。

「ほら、汚れた手で拭いたから、可愛い顔まで汚れてしまったよ。……一体、どうしたんだい？　転んだの？」

ルシェンナは急に自分が泣いていたことが恥ずかしくなってきた。転んだとは正直に言えない。だから、散らばった花を指した。

「王子様にあげるお花が落ちちゃったの」

「なんだ、そんなことか。じゃあ、おちび姫、一緒に拾おうか」

ルシェンナは頷き、二人で一緒に花を拾った。乳母も手伝ってくれたのだが、ルシェンナは少年のことしか頭になかったのだ。

少年はようやく拾い集めた花を、細長く畳んだハンカチで縛り、束にする。そして、ルシェンナの前に跪《ひざまず》くと、その花束を捧げた。

「どうぞ、おちび姫。これは君のほうが似合うよ」

花束を差し出す少年は人形よりずっと綺麗だ。それに、人形は口を利かない。優しくルシェンナの顔をハンカチで拭いてくれたりしない。彼は人形よりもっと素敵なのだ。

ルシェンナは、彼がずっと自分の傍にいてくれる方法はないかと、頭を絞った。そして、思いついた言葉をすぐに口に出した。

「王子様、あたしをお嫁さんにして！」

少年の瞳が今にも噴き出しそうな光を放っている。けれども、彼は笑いを堪えて、真面目な顔をした。

「大きくなったらね。君はきっと可愛いお嫁さんになるよ」

ルシェンナが花束を受け取ると、少年はルシェンナの頬にそっとキスをした。

第一章　亡国の王女は競売にかけられて

ルシェンナははっと目を覚ました。

夢を見ていた。自分が幼い頃の夢だ。そして、アルマースト王国の平和が永遠に続くと信じていた頃の夢だ。

初恋の王子様が実在の人物だったのかどうか、今のルシェンナには判らない。『王子様』と呼んでいた少年が本当にいたようにも思うのだが、ひょっとしたら自分の幼い頃の想像の産物だったかもしれない。しかし、今となっては、どうでもいいことだった。

アルマースト王国は隣国マーベラの侵攻により、あっけなく敗れ去った。ルシェンナはかすかな希望を託されて城を脱出したものの、運悪く奴隷狩りに遭《あ》い、今や多くの奴隷女と一緒に、薄暗い地下の一室に閉じ込められる身となっていた。

地下室といっても、半地下で、壁の上部にはめ込み式の窓がある。そのわずかな光だけが頼りであるかのように、ルシェンナは懸命《けんめい》にその窓に目を向けていた。

まるで自分達は家畜のようだった。女達は無言のまま座り込み、奴隷商人に捕まえられた己《おのれ》の運命を嘆《なげ》いている。船に乗せられ、川を下り、遠いレネシス王国まで連れてこられたのだ。自分達はここで誰かに買われて、故郷に帰ることはできないかもしれない。

「ルーナ、お腹が空いたよぉ……」

か細い少年の声が聞こえてきて、ルシェンナはその声の主であるクルスを抱き締めた。

彼はまだ八歳だ。母親が奴隷狩りに遭《あ》ったときに連れていたのだという。その母親は病に侵されていたらしく、彼を残してすぐに亡くなった。誰からも見向きもされずにいたクルスを、ルシェンナは庇《かば》い、自分に分配されたわずかな食料を彼に分け与えた。

ルシェンナは彼にルーナと名乗っている。亡国の王女ルシェンナだと奴隷商人に知られれば、マーベラに売り渡されるかもしれない。そうなれば、行き着く先は間違いなく処刑台だ。

「大丈夫よ、クルス。もう少ししたら、きっとパンをもらえるわ」

何が大丈夫なのか、自分でも判らない。パンをもらったところで、これから先、どうなるのか判らないのは同じだ。

自分達は今、レネシス王国内の大きな屋敷の中にいる。きっと貴族の館だろう。運搬用の馬車は裏口の前に停まったから、建物の裏側しか見ることしかできなかったが、それでも豪奢《ごうしゃ》な館だということは判った。

ここで一体、何が行なわれるというのだろう。さっきからずっと、外で馬車や馬の蹄《ひづめ》の音が聞こえていた。多くの人がこの館に集まってきている。ルシェンナはそのために、不安を一層強めていた。

廊下で複数の足音がする。その足音がこちらに近づいてきて、扉が開いた。髭をたくわえ、恐ろしげな顔をした奴隷商人が、縄を持つ手下を従えている。

「おまえ達、さあ、ここから出るぞ。一列に並べ。両手を揃えて出すんだ」

女達は動きが鈍かった。のろのろと立ち上がるのが精一杯だった。食事が足りていないせいかもしれないが、それ以上に精神的なものもあるだろう。ここから出ると聞かされても、両手を拘束されるなら、喜べるものではない。自由になれるわけではなく、ただどこかに移動させられるだけのことだ。

「さっさと並べ。言うとおりにしないと……」

鞭《むち》がしなる。そして、大きな音を立てて、床に打ちつけられた。

奴隷商人の威圧的な声が響いた。彼は容赦がない。それを知っている女達は彼の言うとおりに一列に並び、なすすべもなく両手を縛られていく。そして、薄暗い一室から連れ出されて、別のところへ誘導された。

そこは薄暗い部屋とはまったく異なる大広間だった。天井が高く、その天井には神話に出てくる神々や天使の絵が描かれている。昼間なのに明かりがたくさん灯され、広間の中央にある幅の広い階段には赤い絨毯《じゅうたん》が敷かれていた。

ルシェンナが驚いたのは、その広間に集まっている男達の数だった。彼らはとても身なりがいい。この貴族の館に出入りできるような身分なのだろう。その誰もがまるで値踏みするような目でにやにや笑いながら、こちらを見ていた。

わたし達はここで売られるの……？

そうとしか思えなかった。奴隷は売買されるものだ。しかし、どうして彼らはあんな変な目で見ているのだろう。どうしても、それが気になって仕方がない。

「グズグズするな！　こっちに並べ！」

ルシェンナは自分の手首にしっかりとかけられている縄を見つめた。どうあっても、自分達は逃げられない運命にあるようだった。

「ここで……何があるの？」

ルシェンナは同じ奴隷の女性に尋ねた。売られることは確実でも、どうも様子が変だ。

疲れた顔の女性はにこりともせずに、質問に答えた。

「競《せ》りに決まってんだろ。あたし達は牛や豚みたいに売り飛ばされるんだよ。この国では、あたし達みたいな黒髪の女はめずらしいんだ」

「で、でも……買ってどうするの？　働かせるの？」

女性は馬鹿にしたように鼻を鳴らした。

「娼婦のように扱われるのさ。運がよければ、どこかのお金持ちに見初められて、囲ってもらえるかもしれないけどさ」

ぞっとする話だった。無給で過酷な労働させられるかもしれないとは思っていたが、まさかそういう意味での身の危険があるとは思わなかった。

自分が男達にそんな目で見られているなんて、考えたくもない。しかし、これは夢ではなく、現実なのだ。いくら嘘だと思いたくても、自分がここに奴隷として存在しているのは確かだった。

「まあ、あんたみたいな薄汚い子供を買う男がいるかどうかは知らないけどね」

女の言葉に、ルシェンナは内心ほっとした。

自分は小柄で、身を守るために豊かな胸には布を巻いて、目立たないようにしている。しかも、変装のために顔をわざと汚し、ぼさぼさになった長い髪を垂らしているから、確かに、若い娘というより少女のようにしか見えないだろう。

ルシェンナが隠したいのは、その素顔だった。誰にも自分の元の身分を知られるわけにはいかない。しかし、その変装は同時に他のことにも役立っているようだった。

子供だと思われていれば、売り飛ばされずに済むかもしれない。もちろん、売れなかったからといって、解放してもらえるとも思えないが、どこかで逃げる機会を得られるかもしれない。

そうよ。わたしはここで奴隷として一生を過ごすわけにはいかないのよ。

逃げなければ。そして、祖国へ帰らなくては。

それに、どこかの男にこの身を穢《けが》されるわけにはいかない。王女ルシェンナにとって、純潔は守り抜かねばならない大切なものだった。

しかし、この地下の大広間に集っている男達の目は、品定めするように奴隷が一列に並んでいるのを見ている。誰がいいのか、物色しているのだ。ルシェンナは、どうか自分には目が止まらないようにと祈るばかりだった。

もちろん、他の誰かが犠牲になればいいと思っているわけではない。しかし、自分には誰かを助ける力はないのだ。奇跡でも起きればいいのだが、そんな都合のいいことは起こるわけはない。

簡単に奇跡が起きるなら、そもそも自分はこの場にはいなかった。何故なら、ルシェンナは何かの間違いでここに連れてこられてしまっただけだからだ。

一人の女が屈強な奴隷商人に引きずられて、赤い絨毯が敷いてある階段の前に設えた台の上に上らされた。すぐにでも競《せ》りが始まるものだと思ったら、そうではなかった。

「健康な奴隷かどうか、どうぞご覧になってください」

商人が女を押さえつけると、服を剝がし始めた。女は抵抗しかけたが、鋭い罵《ば》声《せい》を浴びせられて、動けなくなってしまう。どのみち、ここで逃げ場はないのだ。たちまち、女は一糸まとわぬ姿となり、屈辱に震えた。

「なんてことを……！」

ルシェンナは呟き、目を伏せた。

ただ奴隷として売られるだけではない。多くの男達の目に、ああやってすべてを晒さなくてはならないのだ。

あんなことは、とても耐えられない。他の周囲の女は諦めたような表情をしている。しかし、ルシェンナはどこかに逃げ場はないものかと、辺りに視線を走らせた。

競りは始まった。男達が嬉々として、女に値段をつけている。綺麗な服を着た裕福な男達なのに、その姿はとても醜悪に見えた。彼らにとって、奴隷は人間ではないのだろう。それとも、彼らにしてみれば、肉欲を満たす道具としてしか、女は価値がないのだろうか。

いずれにしても、ルシェンナはあんな目に遭わされたくなかった。ふと、広間の隅にいる男の二人連れに目が留まった。

彼らは競りには参加せず、会場の様子を観察しているように見えた。二人ともまだ若く、いい身なりをしている。

一人は長身で引き締まった体格の金髪の男だった。長い金髪を紺色のリボンでうなじの辺りでまとめている。整った顔立ちに物憂げな表情を浮かべていて、決してこの状況を楽しんでいるわけではないことはすぐに判った。

その脇にいる男は彼の従者のように見えた。茶色の髪は短めに整えられ、うなじのほうはやや長い。金髪の男に比べると、ややがっしりとした体格で、目つきは鋭く、その顔には不快感が露骨に表れていた。彼は腰に帯刀していて、金髪の男の従者であると同時に、何かあれば、きっと身を守る役目も負っているのだろうと思った。

二人はこの奴隷市に、何をしに来ているのだろう。もしかしたら、彼らに助けてもらえるかもしれない。それは甘い考えかもしれないが、ルシェンナはここから逃げるために、あらゆる方法を考えなくてはならなかった。

ルシェンナの視線に気づいたのか、金髪の男がこちらに目を向けた。

彼の目の色は深い青だった。その瞳がすっと細められる。ルシェンナは目で助けてと訴えかけたが、彼は何を勘違いしたのか微笑みかけてきた。

一瞬、ドキッとした。まるで懐かしい誰かと出会ったような……。

いや、そうではない。ただ、彼がとても優しい男であるような気がしたからだ。しかし、こんな場所にいるのだ。どうせ、他の男と同じに決まっている。

そうだ。こんな状況で、笑いかけられても嬉しいわけがない。逆に、恐ろしいことを考えてしまい、ルシェンナは慌てて視線を逸らした。

彼はわたしを買うつもりかもしれない。世の中には、少女を好んで弄《もてあそ》ぶ男がいるという。ひょっとしたら、彼もその一人だということも考えられる。

ああ、決してそうではありませんように！

いずれにしても、裸にされれば、若い娘であることは判ってしまう。顔を汚していても、女性であれば、それでいいと思う男もいるだろう。

ああ、どうしたらいいの……！

そのとき、奴隷商人が近づいてきて、ルシェンナの傍にいたクルスの腕を乱暴に掴んだ。

「こっちに来るんだ。おまえなんか、どうせ値段がつかないんだから」

「嫌だ！　ルーナと一緒にいるんだ！」

ルシェンナの傍にいようと、クルスはもがいたが、商人にどんどん引きずられていく。

ルシェンナは思わず叫んだ。

「クルスを連れていかないで！」

「ルーナ！」

クルスが商人の手を振り切って、こちらに駆け出した。商人は鞭を振り上げ、クルスの背中に振り下ろそうとしている。ルシェンナは列から飛び出すと、クルスを庇った。

鞭がルシェンナの背中に当たった。息が止まりそうな衝撃と痛みを覚える。馬用の鞭ではなく、奴隷を脅すときの鞭だが、痛みはかなりのものだ。

「邪魔するな！　退け！」

ルシェンナは屈み込み、クルスに覆いかぶさるようにして守った。退けと言われても、退いたら間違いなくこの子は鞭で打たれるだろう。

クルスとは別に縁もゆかりもない。彼に対して、ルシェンナはなんの責任もないのだ。保護者ではないのだから。だが、彼はまだ八歳だ。八歳の子供が目の前でひどい目に遭うと判っているのに、放っておくことはできなかった。

「ルーナ……」

子供の小さな震える声が聞こえた。クルスは自分のためにルシェンナが罰を受けることを恐れている。優しく、聡《さと》い子供だからだ。

「いいの。じっとしていなさい」

ルシェンナは痛みに耐える覚悟ができていた。

わたしはこんなことで負けたりしない。たとえ、どんな痛みや傷を受けようとも、この小さな子供が鞭打たれるのを黙って見ているわけにはいかないのだ。

わたしの身体に流れる高貴な血の誇りに懸《か》けても。

「言うことを聞かないのなら……！」

ルシェンナの背中に再び鞭が振り下ろされる。続けざまに三回打たれたところで、誰かが割って入った。

「まあまあ。せっかくの奴隷を傷つけなくてもいいじゃないか」

のんびりとした口調で、止めてくれた相手を見た。ちらっと見上げると、人のよさそうな顔をしている中年男だ。ルシェンナはほっとしかけたが、彼がこちらを見下ろす目には、好色なものが宿っていた。

彼は決してルシェンナやクルスが可哀想になって、止めてくれたのではない。彼こそ、少女を弄ぶ趣味を持った男だろう。

「でも、もう傷物になったようだね。こっちの子供も一緒に引き取るから、二人で五十ギムでどうかな」

競りにかけられるのは嫌だったが、この男に安く買い叩かれるのは、もっと嫌だった。彼がクルスをまともに扱うとは思えない。もちろん、ルシェンナに至っては、邪《よこしま》な欲望の犠牲になるに違いない。

「五十ギムですか？　確かに傷はつけちまいましたが、それにしたって、百ギムくらいが妥当かと」

「いや、百ギムでこんな薄汚い子供を買う奴はいないよ。五十ギムだ」

穏やかそうな顔をしている男だが、とても強欲だった。たったそれだけの小金で、自分の身体と人生はこの男に売り渡されようとしていた。

不意に、後ろから鋭い声がした。

「僕がこの二人に二千ギムを出そう」

振り向くと、さっき目が合った金髪の男だった。やはり、彼もまた少女を弄ぶ趣味がある男なのだろうか。

そうでなければいいと思っていたのに……。

金髪の男が見せた微笑みを思い出し、ルシェンナは胸を痛めた。あんな優しげな笑い方をする男が、嫌な人間ではないと思いたかったのだ。

「二千ギムだと？　この若造が！」

穏やかそうな男は豹変して、金髪の男を睨みつけた。やはり、この男は強欲で下卑た人間なのだろう。

「それ以上、出す気はないのなら、二人は僕のものということになる。そうだろう？」

金髪の男は奴隷商人に確かめた。もちろん、五十ギムより、二千ギムで買ってくれるという相手に、商人は愛想笑いをした。

「もちろんですとも。少々、傷はついちまいましたが、この娘も洗えばきっと綺麗になるし、ガキもきっと旦那の役に立ちますぜ」

「よし。商談成立だ」

どこからも横槍が入らなかったところを見ると、他の誰も自分達に二千ギム以上の大金を支払う気はなかったのだろう。金髪の男はさっさと大金を商人に払うと、こちらを向いて、にっこり笑った。

この男は悪い人間には見えない。しかし、実際のところ、何も判らないのだ。ともかく、自分とクルスはこの男に買われてしまった。

「さあ、立て！　おまえ達のご主人様に挨拶しろ」

威圧的な声を出したのは、この男と共にいた男だった。

「ジェス、そんなふうに急き立てるな。可哀想じゃないか」

金髪の男はその男をたしなめるような声を出した。

「ですが、エ……旦那様」

ジェスと呼ばれた男は金髪の男の名前を呼ぼうとしたが、途中でやめたようだった。この場で名前を呼べない理由が何かあるのだろうか。

「とにかく、ここから出ようか。……立てるかい？」

男は意外なことにルシェンナに手を差し出した。ルシェンナの格好は汚い。いや、汚いように見せかけている部分もかなりあるが、そんな自分にわざわざ手を差し出す男がいる

とは思わなかった。

まるで、ルシェンナが貴婦人であるかのように。

ルシェンナの目に涙が滲《にじ》む。それを見た彼の顔に驚いたような表情が浮かんだ。

「大丈夫です。一人で立てます」

ルシェンナは背中の痛みに耐えながら立ち上がり、クルスの手を引っ張って立たせた。

また一人の女が台の上に立たされて、服が脱がされようとしていた。確かに背中は痛いが、あんな辱《はずかし》めに遭わずに済んだだけでも運がよかったと言える。

もちろん、この男が自分を単に助けただけでなく、やはり好色な目的のために買ったのかもしれない。そうではないとは、まだ言えないのだ。

ルシェンナは用心深くなっていた。彼がどんないい人間であっても、自分の正体は知られてはならないし、今はこの男の下《もと》へ行くしかないが、隙があれば逃げ出すつもりだった。

万が一にでも純潔を穢されることがあってはならない。

それに、ルシェンナは故郷に帰らねばならなかった。それが自分に与えられた使命だからだ。一生を懸けてでも、やり遂げなければならないことがある。

ルシェンナとクルスは、二人の男に館の外へと連れ出された。

外は明るい日差しが降り注いでいる。しかし、ルシェンナは相変わらず囚われの身だ。

何より、この縛られた両手がそれを示していた。

わたしはこれからどこに連れていかれるのだろう。

この国に連れてこられるまで、長い旅をしてきた。そして、またどこかに連れていかれようとしている。

「ルーナ、これからどうなるの？」

クルスが寄り添いながら、小さな声で尋ねてきた。それはルシェンナにも判らない。この男の家だろうと思うが、それがどんなところなのかも判らないのだ。

「大丈夫。大丈夫よ、きっと……」

それが気休めだとクルスにも判っているのだろう。彼は不安な顔のままだった。安心させてあげたくても、ルシェンナには無理だった。金髪の男の考えていることは読めなかったし、ジェスという従者と思しき男に至っては、ただ怖かった。

やがて、馬車がやってくる。飾り気のない黒い馬車だが、少なくとも、この馬車には座席がある。立ったまま揺られることはなさそうだった。

「さあ、乗れ」

ジェスに急き立てられて、ルシェンナはクルスと共に、馬車に乗り込んだ。後から、金髪の男とジェスも向かいの座席に座る。奴隷と一緒に、こうして馬車に乗る男もめずらしいかもしれない。

目が合うと、金髪の男は笑いかけてくる。

その度に、心までもが囚われてしまうような気がするのは、何故なのだろう。

ルシェンナは別の意味で不安になっていた。そして、彼の意味ありげな眼差しを無視して、クルスをぎゅっと抱き締めた。

ルシェンナはアルマースト王国の王女として、この世に生を受けた。世継ぎの王子である兄が一人いて、ルシェンナは何不自由なく育った。平和は長く続くように思えていたが、問題が起きたのはルシェンナが十八歳の誕生日を迎えた頃のことだった。

東の隣国マーベラの侵攻が始まったのだ。最初は大したことのない諍いのはずだった。しかし、それが大きくなっていき、ついにマーベラは大軍を送り込んできた。アルマースト側はそれを予測できずに、侵攻を許してしまった。そして、すべての作戦が裏目に出て、あっという間に、城は敵兵に囲まれていた。

ルシェンナは城が落ちる寸前に、逃げるようにと母后に説得された。

「できません、お母様。わたしだけ逃げるようなことは、とても……」

涙ながら、ルシェンナは城に残らせてほしいと頼んだ。自分はアルマーストの王女なのだ。城と運命を共にするのは、当然のことだと思った。

「いけません。せめて、あなただけでも生き残らねば……。生きて、アルマーストを再興するのです」

兄王子はすでに戦死していた。父王は城と共に命を捨てる覚悟をしている。捕らえられて、首を切られるより、命を絶ったほうがいいと考えているのだ。そうしなければならないほど、状況は絶望的で、城にはたくさんの敵兵士が入り込み、味方兵士の中には戦うことをやめ、逃亡している者もいるという。

「でも……わたしにはその任は重すぎます。わたし一人で、どうしてそのようなことができるでしょうか」

ここまで蹂躙《じゅうりん》された国を再興することなど、とてもできるはずがない。それに、その方法も判らなかった。

「スティルが必ずあなたを守ってくれ、あらゆることを補佐します。あなたは今からスティルの指示に従うのです」

スティルは、今は亡き将軍の息子で、城での警護の任に就いていた。まだ若いが、王や王妃には絶大な信頼を得ている。彼は兄王子の親友でもあり、ルシェンナも幼いときから彼のことはよく知っていた。

やや神経質な風貌《ふうぼう》の彼は、ルシェンナの前に跪いた。

「ルシェンナ様のことは命に代えても、私がお守り致します。しかし、もう時間がありません。早速ですが、私が用意した服に着替えていただきます」

「でも……」

自分だけ逃げるという案に、まだ賛成したわけではない。しかし、これが両親の最後の願いなら、叶えなくてはいけないのかもしれない。

「ルシェンナ、早くなさい」

母后に急かされて、ルシェンナは乳母の手によって着替えさせられた。胸に布を巻き、ボロと呼んでもいいような服を着て、顔や手などを泥のようなもので汚された。村娘でも、こんなにひどい格好はしていないと思う。

着替え終わると、スティルも似たような汚い格好をしていた。二人とも、何不自由なく育った王女と従者にはとても見えない。もちろん、それがスティルの目的なのだろう。王族と見なされたら、捕らえられてしまう。そして、やがては辱《はずかし》めを受けるのだ。

「ルシェンナ……。私の可愛い娘よ」

王が隣の間からやってきて、ルシェンナを抱き締めた。母后も同じようにルシェンナを抱擁《ほうよう》する。

「お父様……。お母様……！」

「どうか元気で。何か困難に直面したら、思い出すのですよ。あなたはアルマーストの王女なのだと」

ルシェンナはアルマーストの王女として生まれ、その運命からはきっと死ぬまで逃れられないのだ。城から逃げだせるかどうかも判らないし、その先も生き延びられるという保証はどこにもない。しかし、自分はアルマーストの王女として誇り高くあらねばならない。

両親とはきっとこれが永遠の別れとなるだろう。ルシェンナは去りがたかったが、スティルは容赦がなかった。

「王様、王妃様、必ずルシェンナ様をお守りします。……ルシェンナ様、さあ、もう時間がありません。行かなくては」

最後に、両親とそれぞれ目を合わせ、ルシェンナは頷いた。涙は流れているが、それを拭う暇もなく、スティルに手を握られて、その場を連れ出された。

「どこから逃げるの？」

ルシェンナは先を急ぐスティルに尋ねた。

「抜け道があるのですよ。長い地下道が塀の外まで続いていますから」

多くの本が並ぶ王の書斎を訪れると、奥のほうにある本棚から一冊、本を抜き取った。すると、本棚が動き出す。そこが扉となっていて、下へと下りる階段が現れた。

「さあ、ルシェンナ様」

スティルは灯りを持ち、本棚に本を戻すと、抜け道へとルシェンナを誘導した。そして、本棚を元どおりに閉じて、抜け道を下りていく。

「ここから外に出られるの？」

「そうです。外にも兵士はいますが、脱け出すところさえ見られなければ、粗末な服装ゆえに兵士の目には留まらないはずです」

本当に上手くいくのだろうか。ルシェンナは不安だったが、一度は死を覚悟した身だ。たとえ、殺されたとしても、もう悔いはない。運がよければ、逃げ切ることが出来るだろう。その先のことまでは判らないが、とにかく今はスティルの言うとおりにするしかない。

階段を下りてしまうと、スティルが言ったとおり、長い地下道があった。そのまままっすぐ歩いていくと、今度は石の壁が現れる。行き止まりに見えるが、これが扉なのかもしれない。

スティルが石についている鉄の輪を引っ張った。すると、壁の一部が動いた。人間が這いつくばって、やっと出られるような大きさの出入り口がそこにある。

「ルシェンナ様、私がまず外に出ますから」

スティルは四つん這いになり、そっと顔を出す。そして、辺りを警戒しながら、外へと出た。ルシェンナも同じような格好で、そこから這い出す。

辺りは暗い。が、同時に明るさも感じた。ふと振り向くと、城から火が出ていた。

「お父様……！　お母様！」

城にはまだ乳母もいた。侍女もいる。ルシェンナは彼らを見捨てたような気がした。

「もう後戻りはできません。王様と王妃様のお考えどおりになさるのが一番かと思います」

スティルは石の扉を元どおりにしながら、そう言った。冷たいとも思ったが、他にどうしようもないことは判っている。両親、そしていろんな人達が自分に国の未来を託したのだ。

断腸《だんちょう》の思いで、ルシェンナは燃える城から目を逸らした。

前に進まねばならない。そうしなければ、アルマーストの再興などできるはずがなかった。

「判りました……。スティル、あなたにわたしの命を預けます」

「必ずや、ルシェンナ様をアルマーストの女王にしてみせます。まずは隠れ家となる場所へとご案内致します」

スティルは立ち上がり、灯りを吹き消した。こんな小さな光でさえも、敵に見つかる可能性がある。消したほうがずっといいに違いない。

「どうぞ、私についていらしてください」

ルシェンナはスティルに言われるままに、ついていった。夜に紛れて、王都をただ歩く。王都は静かだった。敵国が攻めてくると知り、逃げ出した人々もたくさんいた。そして、まだ残っていた人々はみな怯えて、戸や窓を閉ざしている。マーベラ兵が暴れたり、略奪に走るかもしれないからだ。

だが、マーベラ兵はまだ統制が取れていて、城の攻略にかかりきりになっている。見回りのような兵士もいたが、静か過ぎる王都では彼らの行動は目立っていたため、それを避けるのは簡単だった。

やがて、夜明けが近くなり、王都の外れまでやってきた。

スティルはすでに手はずをつけていたのか、ある家の納屋《なや》に入ると、荷車を借りた。そして、その荷車に驢馬《ろば》をつける。

「これで、逃げられるの？」

ルシェンナは不安に思い、彼に尋ねた。

「目立たないことが大事なのです。城に王女がいないと知られたところで、まさかその王女が汚い身なりで、驢馬に引かせた荷車に乗っているとは思わないでしょう」

普通に考えれば、王女は豪華な馬車に乗って逃げたと、誰もが思うはずだ。その裏をかく作戦に、ルシェンナは感心する。

スティルの指示どおりにしていれば、無事に逃げ延びることができそうだった。しかし、何故、逃げるのかといえば、アルマーストの再興のためだった。ルシェンナはその計画が現実のものになるとは、とても信じられなかった。隣国に踏み躙られた祖国を救いたいと願うものの、果たして自分の力でそんなことが可能なのだろうかと。

しかし、疑ってみても始まらない。今は生き延びることだけに集中しよう。

荷車は空だった。王都に品物を届けた後、帰る途中だということになる。ルシェンナは手綱《たづな》を握るスティルの横に座り、新たにつけた灯りを掲げた。

王都を出てしまえば、自分の行方は判らないに違いない。それに、城には火が回っていた。その中で、王女がいないことを確認するのは難しいだろう。

わたしは一体、これからどうなるの……？　どんな運命を辿ることになるのかしら。

もう安楽な暮らしができるはずもない。今まで一度でも苦労などしたことはないが、なんとか耐えて、両親の悲願を叶えるべく、努力しなければならなかった。

はっきり言って、とても怖い。不安でたまらない。けれども、自分はやはりアルマーストの王女として生まれたのだから、その責を果たすべきなのだ。

朝靄《あさもや》の中、荷車に揺られてうとうとしていたルシェンナは、スティルの警告の声に、はっと目を覚ました。

二人は森の中にいた。小道の後方から、何頭かの馬の足音が聞こえてくる。

「念のため、降りて、木の陰に隠れていただけませんか？　何事もなければよいのですが、嫌な予感もします。万が一、私に何かあれば、あなたはこの道をまっすぐ行ってください。森を抜けたところに、小川があり、その小川のほとりにあばら家があるんです。そこには食料も用意してありますから、しばらく隠れていてください」

「でも、わたし一人で……」

「万が一の場合です。隠れていれば、仲間が来ます。あなたは大事な身なのですから、絶対に私を助けようなどとしてはいけませんよ」

国を再興するために働こうとする人間は、スティルだけではなかったのだ。それを聞いて、ルシェンナは少しほっとした。二人だけでは、とても再興など無理だと思っていたからだ。

「スティルは将軍の息子なのだから、きっと誰に襲われても負けたりしないわよね？」

「もちろんです。私を信じてください。囚われたとしても、決して心配しないように」

スティルが驢馬を止めたので、ルシェンナは彼の言うことに従った。きっとこの場面も、彼の指示どおりにすれば間違いないと思いながら。

ルシェンナが木の陰に隠れると、のんびりとした歩調で驢馬が歩き出す。すると、すぐに後ろから馬が追いついてきた。馬は三頭で、いずれも甲冑に身を固めたマーベラ兵が操っていた。彼らは荷車に追いつくと、馬を止めた。

「おい、おまえ」

兵士は乱暴な口調でスティルに言葉をかける。

「へえ、なんでございますか？」

スティルは田舎言葉を真似て、兵士に答える。

「そこの村で、おまえが女を横に乗せていたと聞いたが、その女はどうした？」

彼らは逃げた王女を捜しているのかもしれない。そう思うと、ルシェンナの脚はがくがく震えた。

「女なんぞ乗せた覚えはありませんよ。この靄《もや》の中ですからね。誰かが見間違えたに違いありませんや」

スティルは落ち着いた態度で、嘘をついた。

「そうか。見間違えか？　だが、おまえは空の荷車を引いて、どこへ行くつもりなんだ？」

「王都で足止めされてしまいましてね。品物はとっくに届けていたんですが、なかなか村に帰れなくて」

スティルは用意していた言い訳を口にした。

「ほう……。しかし、この荷車には目印がついていてな……」

「目印？　一体、なんの話ですかい？」

スティルはわずかながら動揺を見せた。

「荷車の後ろに赤い塗料が塗ってある。怪しい二人組みに荷車を貸し出したという密告があったわけだ。その二人組みは王族と関わりがあるに違いないとな」

荷車の持ち主は、スティルから報酬を受け取っていたのに、最初からこうして密告して、二人を売る計画だったのだろう。スティルはまんまとその罠にはまったのだ。

「言え！　女はどこにいる！」

兵士は居丈高に尋ねた。

「女など知りませんったら」

スティルは嘘を言い張ることにしたようだった。しかし、そんな嘘が通用する相手ではない。

「こいつ……！　知らぬと言い張るなら、無理にでも吐かせるまでだ」

兵士はスティルを拘束しようとした。スティルは抵抗したものの、三人がかりではどうしようもない。たちまち身体に縄をかけられ、馬に乗せられた。ルシェンナは木の陰からそれを見ていたが、どうしたらいいのか判らなかった。

もちろん、助けに入ることなどできない。彼らは、ルシェンナを捜しているのだから。それに、スティルとの約束もある。彼はルシェンナが無事に逃げ果たせ、アルマーストを再興することを望んでいる。それに、彼一人なら、なんとか兵士をごまかせるかもしれない。

兵士達は来た道を戻っていく。ルシェンナはそれを見送り、次に前方を見つめた。靄のるわけにはいかなかった。

荷車と驢馬をどうしようかと思ったが、ここに置いていくしかない。兵士がここに戻ってくるかどうか判らないが、この荷車では目立つことになるかもしれない。

ルシェンナは驢馬を荷車から自由にしてやった。このまま飢えては可哀想だからだ。

「今までありがとう。あなたはこれから自由なのよ」

だが、驢馬はルシェンナに感謝するでもなく、道端の草を食べ始めた。驢馬でも一緒にいてくれたらと思ったが、仕方がない。心細い思いをしながら、薄暗い小道を一人で歩いていく。

森を抜けたとき、ルシェンナはほっとした。スティルの言うとおり、小川があり、その小川を辿っていくと、あばら家が現れた。

きっと、ここだわ……！

すっかり歩き疲れていたルシェンナは、よろよろとあばら家の中へと入った。外側は荒れ果てた家に見えたが、中はそこまでひどくない。狭かったが、寝床もある。ルシェンナはそこに横になると、たちまち眠くなってくる。

スティルは大丈夫かしら……。

きっと大丈夫よ。だって、彼は将軍の息子だもの。頭もいいし、どんな困難も切り抜けられる。だからこそ、お父様とお母様はわたしを彼に託したんだもの。

大丈夫ではない場合など、ルシェンナは考えたくもなかった。城には火を放たれたが、両親が生き延びたということだってあるかもしれない。何しろ抜け道は存在していたのだ。二人は城から逃げ出し、このあばら家を目指しているかもしれない。

そうよ。きっと、そうよ。お父様とお母様が死んだりするはずがないわ。

二人は民衆を愛し、この国を豊かにすることに心を砕いていた。だとしたら、二人が民衆に愛されていないはずがない。二人は民に救われ、再び王と王妃として、この地に君臨するはずだ。

ルシェンナはいつしか眠りに落ちていた。

夢の中で、ルシェンナは幸せだった。アルマーストは平和で、両親は明るく笑っていて、何もかもが幸福に包まれていた。隣国が侵攻してきたなんて、嘘だったのだ。永遠にこの国は戦とは無縁で、平和が保たれるはずだ。

不意に、ガタッと音がして、飛び起きる。

辺りは暗かった。いつの間にか日が落ちていたらしい。しかし、誰かがあばら家の戸を開けて、灯りを掲げ、中を覗き込んでいる。

スティル……？　それとも、他の仲間なの？

しかし、敵国の兵士だったらと思うと、ルシェンナは声も出せなかった。じっとしていたが、狭い家の中では、すぐに見つかってしまった。ルシェンナは灯りに照らされて、震え上がった。

相手は二人の男だった。二人とも髭面をしていて、とても恐ろしい大男だった。ごく普通の村人といった服装で、マーベラ兵のようではなかったが、彼らが自分の仲間だとは、とても思えない。

「ここにいたのか？　娘っ子め。まんまと逃げ出しやがって……！」

一人の男がルシェンナの腕を乱暴に摑んだ。ルシェンナは小さな悲鳴を上げる。もう一人の男がルシェンナを見て、眉をひそめた。

「この娘じゃないようだぞ。もっと歳が上だった。背が高くて、髪ももっと短くて……」

「なんだっていいさ。人数が合えば、それでいいんだよ」

どうやら、この男達は逃げ出した娘を捜していたらしい。その娘に代わって、自分を連れ去ろうとしているのだ。

冗談ではない。自分はここにいなければならないのだ。スティルとそう約束したのに。

「い、家の者がすぐに帰ってきます。だから……放して！」

ルシェンナは男の手を振り払おうとしたが、できなかった。

「家の者が帰ってきたときには、おまえは船の中ってことさ。どんな娘だろうと、黒髪の女でありさえすれば、あの国では高く売れるんだ」

男達は奴隷商人だったのだ。そういえば、噂を聞いたことがある。彼らは戦に乗じて、混乱した国で奴隷狩りを行ない、よその国で売るのだと。

アルマーストが平和でありさえすれば、こんな奴隷狩りなど行なわれなかったのに！

父王はこんな非人道的な行ないを決して見過ごしたりしなかった。厳しく取り締まり、奴隷商人の入国を許したりしなかったのだ。

ああ、それなのに……。

彼らはアルマーストの人間を捕まえ、よその国で売ろうとしている。しかも、王女である自分をも捕らえて、奴隷扱いしようとしているのだ。

奴隷として売られてしまったら、もう二度とこの国には帰ってこられない。両親、そしてスティルとの約束が果たせないまま、一生を奴隷として終えなくてはならないのだ。

「放して！　わたしは……ここですることがあるんだから……！」

懸命に抵抗するが、ルシェンナは男達の手によって、猿轡《さるぐつわ》を嚙まされ、その上、縄で手足を縛り上げられた。そうして、ルシェンナは荷物のように担ぎ上げられてしまった。

スティル……！　スティル、助けて！

決して助けてもらえないことが判っていても、ルシェンナは心の中で叫び続けた。

馬に乗せられ、やがて二度と故郷へ戻れない船に積荷のように乗せられる。

ルシェンナはそのときから、アルマーストの誇り高き王女ではなく、奴隷として扱われることになった。

ルシェンナは、奴隷市から救い出してくれた金髪の男が自分の主人になったことを思い出した。

そうだ。彼は自分を買ったのだ。救ってくれたわけではない。彼が自分とクルスを自由の身にしてくれるという幻想を抱いてはいなかったが、それでもあの中年の男の淫らな目つきから逃れられたことで、救われたような気がしていた。

馬車が動き出すとすぐに、ジェスは金髪の男に食ってかかった。

「エディック様！　一体、どういうおつもりですか？」

彼の名前はエディックというのだわ……。

ルシェンナは改めてエディックと呼ばれた男の顔を見た。彼は従者に食ってかかられても、平気な顔をしている。

「どういうつもりって、奴隷を買っただけだよ。いたいけな子供があの野郎の手に落ちるのかと思うと、いたたまれなくてね」

「二千ギムも払ってですか？　そんな必要はどこにもなかったのに」

「僕にとっては、必要なことだったんだよ。だって、こんな勇気のある奴隷が買えたんだから」

エディックはルシェンナに向かって、温かい笑みを見せた。

こんなふうに笑える人が悪い人のはずがない。そう思うものの、奴隷市に顔を出すような男なのだから、決して信じてはいけないに決まっている。

ルシェンナは機会があれば、すぐに逃げ出すつもりでいた。そして、アルマーストに帰る。この身を穢されぬうちに、帰り着かなくてはならない。もちろん、スティルや仲間があのあばら家で自分を待っているという可能性は少ないだろうが、それでも約束は果たさなくてはならないのだ。

エディックは手を伸ばし、ルシェンナの手を取った。そして、懐《ふところ》から短剣を取り出すと、両手を拘束していた縄を切る。

「君はいい子だね。鞭で打たれても、自分より小さなその子を庇うなんて、とても勇気があるよ」

エディックの手は温かだった。しかし、それでも、彼を信じるわけにはいかなかった。

「わたし……わたし達はこれからどうなるの？」

「とりあえず、僕の家に連れていく。それから……ゆっくり休むといい。食べ物もあげよう。どう見ても、君達はあまり食べてないように見えるから」

食べ物と聞いて、ルシェンナに抱きついていたクルスの手に力がこもる。

「ルーナは……ボクに食べ物を分けてくれてたんだ……。母さんが死んでから、ボクが船から放り出されないように、ずっと庇ってくれてた……」

エディックはクルスにも微笑みかけた。

「もう心配はない。僕は絶対に君達を飢えたりさせないし、放り出したりもしない」

それは喜ぶべきことなのだろう。しかし、彼の目的が判らない以上、単純に喜んだりできなかった。何故なら、人の善意など当てにならないものだと、アルマーストからの旅の間に、否というほど知ったからだ。

奴隷の女達はこんな小さなクルスに、少しも気を配らなかった。自分のことだけで精一杯なのは判っていたが、それでも母を亡くした子供に少しでも優しくできなかったのかと思う。

エディックは優しそうに見えるが、実はやはり好色な目的があるのかもしれない。ルシェンナにとっては、警戒すべき相手だった。

たとえ、お金を払ったにしても、彼はルシェンナの心まで買ったわけではない。自分の中にある誇りが、奴隷として彼に身を投げることは許さなかった。もちろん、単なる労働なら、しばらくの間やっても構わない。彼があの好色そうな男から救ってくれたことには感謝しているからだ。

「君はこの子のお姉さん？」

エディックに尋ねられて、ルシェンナは首を横に振った。

「奴隷狩りに遭って、船に押し込まれたときに、出会いました。誰もこの子に関心を払っていなくて、このままだと死んでしまうと思ったんです」

「だから、君が世話をしたんだね」

エディックは納得したように頷いた。

結局のところ、自分は根っからの王女なのだ。貧しい者には施しを与えねばならない。苦しんでいる者には手を差し伸べるべきだと、子供の頃から教えられて育ってきた。それが、王女としての務めなのだと。

「ルーナ……いい名前だね」

　不意に、ルシェンナはエディックに偽の名を褒められて、何故だか赤くなった。いや、顔は汚れているから、赤くなっているかどうかは、彼には判らないだろうが。

「……君の名前は？」

「クルスだよ。ねえ、本当に、ボクにも食べ物をくれるの？」

　エディックはくすっと笑った。

「もちろん。でも、それだけの働きをしなくてはならないよ。君は何ができる？　家で何か手伝いをしていた？」

「うん。いろんなことができるよ。牛の世話もできるし、畑に水を撒いたり、雑草を抜いたり……。収穫の手伝いもできる」

「そうか……。僕の家には畑はないけど、それだけのことができるなら、いろんなことを頼めそうだ。僕のために働いてくれるかい？」

　クルスは大急ぎでコクンと頷いた。

「一生懸命、働くよ。だから……食べるものをください。ルーナにも」

　こんな小さな子供が自分のことまで考えてくれている。ルシェンナは逃げることばかり考えていた自分を恥じた。

「わ、わたしだって働くわ。その……何ができるか判らないけど」

生活に必要なことは、いつも身の回りの誰かがやってくれていた。料理どころか、洗濯も掃除もしたことがない。針を持ったことはあるが、それは刺繍をするためで、繕《つくろ》いものをしたことはなかった。

こんな自分がなんの役に立つというのだろう。しかし、自分の食べ物の分までクルスに働いてもらうわけにはいかない。

もちろん、ベッドに引き入れられることだけは、絶対に避けたかったが。もし、そんな羽目になるようなら、ルシェンナはやはり逃げ出すしかなかった。お金も持たず、何も持たないのに、どうやってアルマーストまで帰るのか、見当もつかないけれど、自分はそうするしかないのだ。

「そうだね。しっかり働いていれば、そのうちいいこともあるよ」

エディックは微笑みながらそう言う。

本当にそうだったらいいのに。彼が自分とクルスを解放してくれたら、彼の言葉も信じられるのに。

ともかく、ルシェンナは彼の家まで連れていかれることになる。頼れる相手もいないし、誰のことも迂闊に信用できないが、クルスだけは信じられる。ルシェンナはしっかりとクルスを抱き締めた。

第二章　愛妾にされて処女を

やがて、馬車が屋敷の前に着いた。エディックはジェスと共に先に降り、ルーナとクルスの手を取って、降ろした。

ルーナの顔は汚れているが、よく見ると、なかなか可愛い娘だ。奴隷商人の言うとおり、洗えば綺麗になるかもしれない。少なくとも、瞳はとても綺麗で、意志の強さが見て取れた。

しかし、容姿より、エディックが感銘《かんめい》を受けたのは、やはり彼女の勇気だった。血縁でもない少年を庇《かば》い、自らが鞭《むち》を打たれる。しかも、運ばれてくる途中、自分の食べ物を分け与えていたという。なかなかできることではない。

二人は驚いたように三階建ての煉瓦《れんが》造りの壮麗《そうれい》な屋敷を見上げている。初めてこの屋敷を見ると、誰でも同じような表情をする。まるで、お城のようだと。もっとも、エディックにとっては、それほど広いものではなかった。が、自分ひとりのための屋敷と思えば、なかなかのものだろう。

古くはこの一帯を治めた領主のものだったという。今はその領主もおらず、国王の命により、暫定《ざんてい》的にエディックがこの屋敷の主となった。古い屋敷ではあったが、改装したため、快適な住まいになっている。

「さあ、二人とも、中に入るといい。風呂の用意をしてもらうから、まずルーナから身体を綺麗にするんだ」

ルーナは何故だかぎくりとしたようだった。

「クルスから先に……」

「いや、君の背中の傷が心配だ。綺麗にして、薬を塗ったほうがいい。跡が残らなければいいが」

ルーナは何事か迷っていたようだったが、諦めたように頷いた。

「……はい。おっしゃるようにします」

もしかしたら風呂が嫌いなのかもしれない。だから、顔が異様に汚れているのだろうか。まるで、わざと汚したかのように……。

いや、まさか。わざと顔を汚す女などいないだろう。それがたとえ女と呼べない少女であっても。

馬車の音を聞きつけて、すでに執事が玄関の扉を開けて待っている。屋敷の中に入ると、エディックの乳母であったメリルがやってきた。今はこの屋敷の家政婦の仕事をしている。

彼女はルーナとクルスを見て、目を丸くした。

「まあ、どうなさったんですか？」

「二人とも奴隷市で売られてたんだ。こっちがルーナで、こっちがクルス。……ルーナは背中を鞭で打たれたから、風呂に入れてから、傷に薬を塗ってやってくれ」

「まあ、可哀想にね……。すぐにお湯を沸かしますからね。お腹も空いてるんじゃないの？　こっちへいらっしゃい」

メリルは二人を奥の部屋へと連れていった。彼女なら、なんでも上手くやるだろう。信頼できる女性だ。乳母でもあり、ジェスの母親でもあるのだから。

二人きりになったジェスは、すぐにエディックを問い詰めにかかった。

「それで？　あの二人を買う必要がどこにあったと言うんですか？」

エディックはジェスに問い詰められても仕方のないことをしたのだと自覚していた。あの場で、ルーナとクルスを買う必要など、本当にどこにもなかったのだ。何故なら、あの後、国の治安を守るナヴァル隊長率いるナヴァル隊が、あの貴族の館に向かうことになっていたからだ。

このレネシス王国では奴隷の売買は禁止されている。けれども、黒髪の女がめずらしいこの国では、こうして秘密裏に奴隷市が開かれることがあるのだ。奴隷狩りは、戦で混乱した地域で行なわれることが多く、今回の奴隷達は恐らくアルマースト王国から連れてこられたのだろう。

レネシスとアルマーストはわずかではあるが接している土地があり、奴隷を入れないようにと国境の警備を強化していた。しかし、それでも、川を伝って、船で連れてこられると、なかなか途中で摘発することは難しい。

今回は密告があり、事前に奴隷市の開催を知ることができたので、エディックはナヴァル隊が乗り込む前に偵察に訪れていたのだ。思ったとおり、それは醜悪な光景であったが。

「場所を提供した貴族と奴隷商人、それからあそこにいた客は逮捕され、奴隷は全員解放されるから、あの子達も国境まで送られて、故郷に戻れたはずですよ」

ジェスは呆れたように言った。確かに彼の言うとおりだ。しかし、エディックは自分でもよく判らない理由のために、二人をここへ連れてきていた。だが、判らないなどと言おうものなら、ジェスはもっと責め立てるだろう。従者のくせに口うるさいのだ。

だから、エディックはもっともらしいことを口にした。

「だが、ルーナの傷が気になる。それに、あの子達は栄養が足りていない。もう少し、ここで養生したほうがいい。もちろん、無給で働かせるつもりはないし、ちゃんと故郷に帰すつもりだよ。実際、奴隷売買は罪だからね」

「だからと言って、あの場で金を出して買う必要がどこにあったんですかねえ。私はそんな理由で納得しませんよ」

エディックはナヴァル隊とは別に、隠密行動を取り、同じく国の治安を守る隊の隊長として、王から任命されている。その隊は、エディックの苗字を取り、リーフェンス隊とされていた。リーフェンス隊はナヴァル隊とは協力関係にあり、必要とあれば、裏取引はいくらでもできるのだ。

つまり、もし二人を養生させたければ、ナヴァル隊長にそういう申し出をすればいいだけの話だった。

「まさかと思いますが……ルーナって娘がお気に召したんじゃないでしょうね？」

「まさか！　あの娘はまだ胸も膨らんでいない少女だ。その……彼女の勇気は気に入ったが、それだけのことだ」

最初に彼女と目が合ったとき、エディックは懐かしいような何かを感じた。彼女の大人びた眼差しに惹《ひ》かれたものの、少女を相手にする趣味はない。だから、ルーナが欲しいがために、金を出して買ったわけではないのだ。

もちろん、彼女を性奴隷にしたいわけでもない。ただ、彼女が、そのように扱おうとしている中年男の手に落ちることが耐えられなかった。たとえ一時でも、あの男が彼女に我が物顔で触れることを阻止したかったのだ。

本当に、自分でもその理由はよく判らない。そんなわけで、ジェスにも自分の意図を上手く説明できなかった。まさか少女に惚《ほ》れたはずはないだろうと思うのだが。

「まったく、あなたの気まぐれには呆れるばかりですよ……王子」

「王子と呼ぶな。ここでは、エディック・リーフェンスだ」

「はいはい、エディック様」

エディックの本名は、エディアルド・リオン・レネシス。レネシス王室の第三王子だ。

エディアルドは子供の頃から自由を愛する暴れん坊で、乳母メリルの息子であるジェスと共に、街に出かけてはいろんな騒動を巻き起こしていた。そのため、業を煮やした父王から、あり余る元気を他のところに向けるようにと、国の治安を守る隠密隊の隊長に任命されたのだ。

実際、ちゃんとした目的意識があれば、自分を律するのも簡単なことだった。しかも、国の治安を守るという崇高《すうこう》な目的のためなら、尚更だった。それに、自分の身分を隠して、隠密行動を取るのも、楽しくて仕方がない。

趣味と仕事を兼ね、エディアルドは二重に名前と身分を偽っていた。表向きはこの屋敷で気楽に暮らす裕福な商人の一人息子であるエディック・リーフェンス。そして、隠密行動を取るリーフェンス隊の隊長。だが、実際にはレネシス王国のエディアルド王子だ。

エディアルドは個人的にはこの暮らしが気に入っている。健康な兄王子が二人もいる第三王子としては、王宮でぶらぶら暇を持て余すより、何か仕事を与えられたほうがいい。そして、机の上で考える仕事などは自分には向かない。それに、王子という身分をふりかざすことなく、エディアルドは仕事がしたかったのだ。

「まあ、このことで、おまえが気に病むことはないさ。僕らは哀れな子供を保護しただけ。奴隷市に関してはナヴァル隊が上手く処理してくれただろう。さあ、おまえの好きなレスコ酒でも飲もうか」

「酒でごまかそうなどと……」

「いや、実はいいレスコ酒が手に入ったんだよ」

エディアルドはジェスを居間へと導きながら、女中を呼んで、レスコ酒を持ってくるように指示した。ジェスは他のものには大して興味を示さないが、レスコ酒にだけは弱いのだ。そこを利用しない手はないだろう。

しばらく男二人で酒盛りをしていると、メリルが居間にやってきた。何故だか浮かない顔をしている。

「何かあったのかい？　まさか、ルーナの怪我がひどかったとか……？」

エディアルドはそれを想像して、顔を歪めた。中年男の手に触れさせるのも嫌だったが、彼女の背中に傷が残ることも嫌だと思った。

「いえ、傷は大したことはないんです。何しろ、彼女は服の下に布を何重にも巻いていましたから」

「……どういうことだ？　布を巻いていたとは？」

「つまり、布を巻くことによって、胸の膨らみを隠していたんですよ。あの娘は小柄だし、細いから、そうすると少女に見えるでしょう？」

つまり、ルーナは少女ではなかったのだ。だから、あんなに大人びた眼差しをしていたのだろう。

エディアルドは自分が少女に惹かれたわけではないと知って、ほっとした。一目惚れといった大げさなものでなかったにしても、彼女を救いたいと思ってしまったのは、正常な男としての反応だったのだろう。

「しかし、どうして少女のふりなんか……」

「何か理由があって、身を隠そうとしていたんじゃないでしょうかねえ。奴隷狩りに遭ったのだと聞きましたが、布は恐らくその前から巻いていたはずです。それに……」

　メリルは何故だか声をひそめた。

「あの娘、きっと貴族のお姫様ですよ」

「まさか……！」

　顔は汚れていたし、その顔を隠すように髪がかかっていた。いや、わざと顔が判らないようにしていたのかもしれない。身分を隠し、年齢をごまかし、敵から逃げていたのだろう。

　アルマーストの貴族の姫……。

　しかし、その元の姿を想像するのは難しかった。彼女のことは少女だと思っていたし、あの汚い格好から、貧しい村娘に違いないと思い込んでいたのだから。

「身支度を終えたら、ここへ来ますから、よくご覧になってください。お姫様にしか見えませんから」

　しばらくして、女中に連れられて、ルーナがやってきた。

　エディアルドは彼女の姿を見て、目を瞠った。

なんて美しいんだろう……。

綺麗に汚れを落とした顔は美しかったし、何より品があった。エディアルドが惹かれた印象的な瞳は大きく、黒い睫毛に縁取られていた。眉の形もいい。鼻はまっすぐで、非の打ち所がなかった。そして、その唇は小さくて愛らしい。

肌は白く、滑らかだった。わざと汚していたにしても、かなり念入りにその肌を隠そうとしていたに違いない。漆黒の髪は艶やかで、きっと絹糸のような手触りだろう。

ドレスは恐らく女中のものだ。粗末で、身体に大きすぎるようだったが、細い身体のわりに胸が豊かなことは、すぐに判った。

そうだ。彼女はどう見ても、貴族の姫のような品格があった。決して貧しい少女ではなかった。

「驚いたな……。歳はいくつなんだ？」

一瞬、ルーナは躊躇《ためら》った。

「……十八です」

エディアルドは二十四だ。二十四歳と十八歳の組み合わせは、別におかしくはない。思わず、そう考えてしまった。

年齢が釣り合い、なおかつ彼女がこれほど美しいと知った今、彼女が欲しいという気持ちを抑えられなくなっていたのだ。いっそ、今すぐ、ベッドに連れていきたい。

いや、待て。自分は野獣並みの頭しか持っていないのか。ルーナは今まで奴隷として扱われ、苦しんできたに違いない。そんな彼女に対して、自分の欲望を押しつけるわけにはいかないに決まっている。

「君は何者なんだ？」

まずは、出自をはっきりさせよう。話はそれからだ。

「奴隷のルーナです」

「奴隷狩りに遭う前の話だ。君は貴族の姫だろう？　恐らくアルマースト王国の……」

ルーナは視線を逸らした。きっと答えたくないのだ。エディアルドのことを警戒しているから、本当のことを教えたくないのだろう。

エディアルドはいっそ王子だと名乗ろうかと思った。だが、やはりそれはよくない。ルーナというのも本名ではないだろうし、そんな相手にやはり王子だとうかつに明かすわけにはいかない。名前を変えているのは、リーフェンス隊長としての職務の一環なのだから。

「わたしは貴族の姫などでは……」

「嘘はつかなくていい。貴族でなかったにしても、かなり裕福な家の娘だ。物腰や話し方に品がある」

だからこそ、エディアルドは彼女に惹かれ、ここまで連れてきたのだ。やっと自分の行動の謎が解けて、ほっとした。理由の判らないことは嫌いだ。彼女の正体が判らないことにも、自分は少し苛立っている。

しかし、ルーナは信頼しない相手には、決して心を打ち明けたりしないだろう。身を挺《てい》して、身内でもないクルスを守ったような気性の激しさを持つ娘だ。まずは、彼女の信頼を得なくてはならない。

それに、彼女が敵国の兵士に追われるような身分の高い娘なら、迂闊《うかつ》にアルマーストに帰さなくてよかったと思う。あの国は踏み躙《にじ》られ、略奪された。王族はもとより、貴族も多くが殺されたと聞く。彼女の身内は生きていたとしても、きっと財産も家も失くしているだろう。

ある意味、彼女は幸せかもしれない。あのまま国にいたなら、こんな美しい娘なのだから、たちまち兵士どもに凌辱《りょうじょく》されていただろう。奴隷として扱われ、つらかっただろうが、それでも彼女は無事な姿で生き残ることができたのだ。

いっそ、このままこの屋敷にいればいい。そして……。

エディアルドはすっかり先走って考えている自分に気がついた。故郷に戻るも戻らないも、ルーナの気持ち次第だ。帰るなという説得はしようと思うが、彼女がどうしても帰りたいと言うのなら、縛りつけるわけにもいかない。

彼女は自由だ。奴隷ではない。

いや……。

彼女自身は自分が自由だとは知らないはずだ。そんなことは教えてないからだ。自分のことはまだ奴隷だと思っている。それなら、それを利用して、彼女をこの屋敷に置いておくことができるかもしれない。

勝手な計画だということは判っている。しかし、彼女のためでもある。彼女の故郷はもう前のような国ではなくなっているのだ。今、戻ることは危険に飛び込むことでしかない。

エディアルドはルーナの手を取った。ルーナは驚いたような顔でエディアルドを見つめ、そして、顔を赤らめた。

何故だか、エディアルドの胸が高鳴る。

馬鹿みたいだが、まるで十代の少年に戻ったような気持ちがした。

甘酸っぱく懐かしい想いが胸を過ぎったようで……。

ルーナをいとおしいと思う気持ちが大きくなってくる。

彼女は勇気のある娘だ。鞭で打たれてまで、赤の他人の子供を救うことができる。自分にふさわしいという考えが浮かんできて、どうしようもなかった。

だが、自分は王子だ。第三王子とはいえ、妻を勝手に自分で決められるわけではなかった。ルーナのことは欲しいが、それは愛人としてだ。ここにずっと囲っておきたい。そうすれば、彼女はなんの不自由もなく、それこそ姫のように暮らせるはずだった。

美しいドレスを着せたい。宝石を贈りたい。いろんなもので飾ったら、彼女はどんなに光り輝くことだろう。

彼女にずっとここにいてもらいたい。いや、いてもらう。

エディアルドはそう決めていた。

この国で王子に逆らえる人間は、そう多くないのだ。

ルシェンナはエディックにじっと見つめられて、戸惑っていた。

ドレスを着ているのに、まるで裸にされているような気分になるのは、一体どうしてなのだろう。彼と目が合うだけで、どうしても照れてしまう。胸がドキドキしてくる。顔が赤くなってきてしまう。

そんな自分の反応がまず不可解だった。どうしてエディックに対するときだけ、自分はこうなってしまうのだろう。ジェスの皮肉っぽい視線は、特に気にならないのに。

それにしても、アルマーストの貴族の姫と思われたことは恐ろしかった。どうして、そんなに簡単に見破られたのだろう。もちろん、貴族の姫ではないが、似たようなものだからだ。

久しぶりに風呂に入って、身体や顔を綺麗にしたことは嬉しかった。ボサボサになっていた髪を梳《と》いてもらい、こざっぱりしたドレスを着せてもらった。もう、それだけで、ルシェンナは至福の気分になっていた。

しかし、少女ではないと知られてしまったし、それどころか村娘ではないと見破られてしまった。これから先、どうやってごまかしたらいいのだろう。正体が判る前に、逃げてしまったほうがいいのかもしれない。

とはいえ、ルシェンナは疲れていた。それに、空腹だった。

やがて、風呂に入ったクルスがすっきりした顔で、女中に連れられて居間にやってきた。彼も顔を綺麗に洗うと、なかなか可愛い。薄汚れた小僧ではなく、もう少しいい身分の少年にも見えた。

ただし、彼はルシェンナ以上に身体に合わない服を着せられ、袖やズボンの裾《すそ》を何重にも折り曲げている。とはいえ、その服自体は今まで着ていたものとは段違いにいいものだった。

「格好いいわよ、クルス」

「ええー……そうかなあ」

クルスは自分の服を見回して、顔をしかめた。

「さあ、食事の用意ができましたよ。簡単なものだけど、お腹が減ってるのでしょう？二人とも、こちらへいらっしゃい」

メリルは二人を招いた。ルシェンナはこの屋敷の主人であるエディックをちらりと見る。エディックは微笑んで、ルシェンナを安心させるように頷いた。

「とりあえず腹を満たすといい。それから、少し休んだほうがいいな。ずいぶん疲れているようだ」

家畜のように運搬され、売られるところだったのだから、疲れていて当然なのだ。だが、そのことを判ってもらえて、嬉しかった。奴隷を買うような男であっても、情けは持っているのだろう。

「ありがとうございます。それでは、失礼して、お食事をいただいて参ります」

ルシェンナはエディックにお辞儀をした。すると、慌ててクルスも同じように真似をする。二人は召使いが食事をする部屋に連れてこられた。豪華な家具や装飾品が置いてある居間とは違い、簡素ではあるが、気持ちのいい部屋だった。ここの召使いはきっと大事に扱われているのだろう。

だとしたら、奴隷として買われた自分達の未来も、そう捨てたものではないかもしれない。もちろん、ルシェンナは立場上、やはりここから逃げ出すしかないのだが。

パンとスープの食事だったが、とにかくありがたかった。何しろ、温かいスープには野菜が入っている。奴隷商人に捕まってから奴隷市が開かれるまでの七日間、ルシェンナは一日一個のパンしか食べさせてもらえなかった。それをクルスと二人で分け合い、なんとか飢えをしのいできたのだ。

「ゆっくりお食べなさい。焦って食べなくても、誰も横取りしませんよ」

メリルの優しい言葉に、急いで口にパンを詰め込んだクルスは赤面した。久しぶりの食事らしい食事に、ルシェンナでさえも、早く食べてしまいたくなったくらいだ。

ルシェンナは温かく優しいメリルが好きになっていた。彼女が家政婦として仕切っているこの屋敷に、しばらく腰を落ち着けたいとまで思ってしまった。

しかし、そんなわけにはいかない。スティルがきっと自分を捜しているに違いない。アルマーストを再興しなければならないのに、自分だけこんなところでささやかな幸せに浸っていてはいけないのだ。

とはいえ、アルマーストはあれからどうなったのだろう。奴隷として閉じ込められていた間は、それどころではなかったし、なんの情報も入ってこなかった。城に火をつけられたが、その後のことは何も知らない。

両親の生死も……。

捕まったスティルがどうなったのかも知らないのだ。

腹が満たされた途端、そのことが気になってきた。スティルのことはともかくとして、アルマーストの王と王妃がどんな運命を迎えたのか、それくらいはこのレネシスにいても、情報が得られるのではないだろうか。

しばらく席を外していたメリルが部屋に戻ってきた。

「あら、まあ、もう眠いみたいね」

はっと気づくと、横に座っていたクルスがパンの欠片《かけら》を握ったまま、目を閉じて、うとうとしている。

「寝るには早い時間かもしれないけど、よほど疲れたんでしょうね」

メリルは女中を呼んで、クルスを寝床に連れていくように指示した。

「あの、わたしはどうすれば……」

メリルはにっこり笑った。

「あなたも食べ終わったのなら、しばらく休むといいでしょう。エディック様から、お部屋を用意するように言われていますから。こちらへいらっしゃい」

どんな粗末な部屋でも、ベッドで眠らせてもらえるならありがたい。船倉では床にそのまま寝かせられ、身体が痛くてたまらなかったし、馬車にぎゅうぎゅうに詰め込まれたときは、もっと悲惨だった。家畜のように馬車に積まれたまま、身体を横にすることすらできなかったのだ。

「エディック様がこちらのお部屋をお使いになるようにと」

扉が開くと、中は豪華な設《しつら》えの部屋だった。大きなベッドがあり、柔らかそうな寝具が置かれている。使用人の部屋ではないし、もちろん奴隷のための部屋であるはずがない。ここを訪れる身分の高い客のための部屋だ。

「わたし……奴隷市で買われたんです……」

「ええ、そう伺いましたよ。でも、あなたはどう見ても、身分の高い方のようだし、エディック様はあなたをそのように扱うと決めたんでしょう」

客として、気持ちのいい部屋に通されて、不満に思うのは間違っている。しかし、なんとなく不安が過ぎるのだ。彼は何を考えて、自分をお姫様扱いしようと決めたのだろうか。

メリルは、部屋の前で固まったままのルシェンナの手を取り、中へと誘導した。そして、綺麗な色の布地を使った長椅子に座らせる。

「エディック様は決して悪い方ではありませんよ。あなた方を買ったのも、助けてあげたかったからです。だから、安心して、エディック様に頼ればいいんです」

「でも、わたし、知らない方にこんなよくしていただいたのに、この上、頼るなどと……」

ルシェンナが警戒するのは、エディックがよからぬ計略を巡らしているのではないかという疑惑のせいだった。美しい部屋を与えられて、単純に喜べるものではなかった。それに、簡単に知らない人間を信じたりもできない。

純潔は大事なものだ。結婚するまでは守り抜かねばならない。

結婚って……誰と？

金髪の王子様のことが頭によぎったが、もう夢見る年頃は過ぎたのだ。おとぎ話のような結婚はあり得ない。

それなら、わたしは誰のために純潔を守っていることになるのかしら。

しかし、これからアルマーストに戻らなくてはならない。再興の旗印となり、故国のために尽力しなくてはならなかった。やはり、ここでエディックの厚意にいつまでも甘えているわけにはいかない。

とりあえず、今夜はここで疲れを癒すにしても、エディックを頼ることはできそうになかった。彼と目を合わせただけでも、心が騒ぐ。そんな状態で、故国を救うことなどできるはずがなかった。

「エディック様は頼りになります。会ったばかりで信じられないのは判りますが、心を開いて信頼すれば、必ずあなたの力になってくれますよ」

彼がなんの力になれるというのだろう。ルシェンナはメリルの言葉に頷きながらも、そう考えた。

やはり、信じられない。信じて、裏切られるのが怖いという気持ちもある。

メリルはにっこり笑って、長椅子から立ち上がった。

「さあ、しばらく休んで。お夕食はどうしますか?」

もう日が暮れる頃だった。お腹は満たされて、ただ、今は眠りたい。クルス同様、ルシエンナも疲れきっていた。

「夕食は結構です」

「それなら、もう寝支度をしたほうがいいでしょうね」

ルシェンナが頷くと、ドレスを脱ぐのを手伝ってくれた。とはいえ、このドレスは後ろにボタンがあるわけでもなく、自分で脱ぎ着できるようだった。それこそ、貴族の姫のドレスではないからだ。

シュミーズ姿のまま、ルシェンナは寝具の中に潜り込んだ。王女だった頃には、寝るときにもレースがたくさんついた夜着を身にまとったものだが、今は清潔なものを着られるだけでもありがたい。

「それでは、ゆっくりとお休みなさい」

メリルはそう言うと、部屋を出ていった。ルシェンナは柔らかく温かい寝具の中で、ほんの少しも目を開けていられない。たちまち眠りに落ちた。

ルシェンナは夢を見ていた。

夢の中ではまだ王女だった。城に住み、たくさんの人にかしずかれ、嫌なことや苦しいことは何一つなかった。もちろん、父も母も、豪華な衣装を身にまとい、頭には冠をつけている。

この幸せがいつまでも続きますように。

ルシェンナは汚い服を身にまとい、空腹のまま硬い床で寝かせられたことを思い出した。

いいえ、あれは夢よ。悪夢だったのよ。マーベラがアルマーストに侵攻してくるなんて、あり得ない。

遠くで何か騒ぎが起こっている。耳を澄ますと、それは火事だという叫び声だった。

「お父様、火事なんて怖いわ」

ルシェンナは父王の手を握った。しかし、その手はあまりにも冷たくて……。

はっと見上げると、それは父王ではなく、冷たい石像に過ぎなかった。隣にいるはずの母后もまた動かぬ石像だった。

中庭で何か別の騒ぎが起こっている。ルシェンナは窓に駆け寄った。

「王が処刑されたぞ！」

その声に、ルシェンナは凍りついた。

「そんなはずないわ……。処刑なんて嘘よ！　お父様……！」

「王妃も処刑された！」

嘘よ……。嘘だわ。どうして、二人が処刑されるの？

ルシェンナは後ろから強い力で肩を摑まれた。振り向くと、そこには見慣れた奴隷商人の姿があった。彼は歯を剝き出して笑った。

「ルーナ、逃げても無駄だぞ。おまえを好色な貴族に売り飛ばしてやる！」

「やめて……！　やめて！」

ルシェンナは夢の中で悲鳴を上げ、逃げ惑った。奴隷商人に捕まれば、またひどい扱いを受けるのだ。それだけはもう絶対に嫌だった。あれほど、自分という人間が取るに足りない存在だと思ったことはない。

「ルーナ！」

肩を揺すられて、ルシェンナははっと目が覚める。目の前にはエディックがいた。彼は
ルシェンナの寝床に半ば覆いかぶさっていた。

辺りはもう暗くなっているものの、エディックは燭台《しょくだい》をベッドの脇の小さなテーブルの上に置いている。

「ど、どうしてここに……？」

エディックの屋敷ではあるが、ルシェンナを貴族の姫のように扱うと決めたなら、ずっとそのように扱ってほしかった。自分がただの使用人であっても、女性が寝ているところ

へ忍び込んでくるなんて、あまり褒められたことではない。

「部屋の前を通りかかったら、君がうなされている声が聞こえた。……どうしたんだ？ 鞭で打たれた夢でも見たのか？」

鞭で打たれたのは、たった半日前のことだった。もちろん鞭で打たれるような経験は初めてで、もっとルシェンナの脳裏に刻み込まれてもいいはずだったが、短い期間にあまりにもたくさんのことが起こり、周囲が変化しすぎていて、ルシェンナはそれさえも忘れかけていた。

鞭で打たれた痛みや屈辱より、奴隷として扱われた記憶のほうが強烈だった。それに、アルマーストでのこともある。

ああ、お父様やお母様は一体どうなったの……？

エディックは知っているだろうか。訊いたら、答えてくれるのか。けれども、うかつに訊くことはできない。彼に身分を知られたら、どうなるだろう。敵国に売り渡されないとも限らない。

「わたし……故郷のことが……」

「ああ、君は大変な目に遭ったんだね」

エディックが身を引いたので、ルシェンナは少し落ち着いて、ベッドから上半身を起こした。すると、エディックの視線が吸い寄せられるように、ルシェンナの胸元へと向けられる。

ルシェンナは自分が薄いシュミーズしか身につけていないことに気がついて、慌てて毛布を胸元に引き上げた。胸の輪郭や乳首は透けて見えていたかもしれない。

「あの……アルマースト王国がどうなったか、教えていただけませんか？　噂でもいいんです」

エディックは顔をしかめた。

「今は聞かないほうがいい」

それは、ショックを受けるからということだろうか。そう言われると、尚更、聞きたくてたまらなくなってくる。どのみち、それは知らねばならない情報だった。

「お願いします。気になって……どうしようもないんです」

エディックは少し迷っていたが、仕方なさそうに首を横に振り、ベッドに腰かけた。彼との距離がまた近くなったような気がして、ドキッとしたが、その胸のときめきを無視する。

「アルマースト王国と呼ばれていた国は、もう存在しないに等しい。城に火をつけられ、王族はみんな自害したか、捕まって処刑された」

「みんな……みんななんですか？　王様も王妃様も……」

一瞬、エディックの瞳に何か悲しげな光が揺らめいた。

「……そう聞いている。言っておくが、これは噂などではなく、確かな筋からの情報だ」

「ああ……」

お父様！　お母様……！

ルシェンナは涙を抑えることができなかった。エディックの手前、動揺していないように見せたかったが、どうやらそれは無理なようだった。

「君は城に出入りするような貴族の姫だったんだな。それなら、君にはつらいことかもしれないが……」

「なんでも言ってください。知らないでいることが、いいことだとは思えません」

「僕もそう思う。ただ、気をしっかり持って聞いてほしい。その……刺激が強い話だから」

これ以上、どんな刺激の強い話があるというのだろう。両親が亡くなったことが何よりつらかった。予想していたことだが、こんなつらい思いをするくらいなら、いっそ自分も二人と一緒に城に残っていればよかった。

しかし、それは許されなかった。自分はアルマーストのためであればこそ、逃げたのだ。そして、両親との約束のために。

「アルマーストの貴族は次々に捕らえられて、処刑されている。残党狩りも激しい。貴族を根絶やしにして、領地を奪い、マーベラの王族や貴族で分配するつもりらしい」

ルシェンナは眩暈《めまい》で倒れそうになる。幸いベッドの中にいるから、倒れたりはしないが、額を手でそっと押さえた。

なんてひどい話だろう。こんな非情なことを計画していた相手に、スティルはどうやって立ち向かい、国を再興しようとしていたのだろうか。

そのスティルも無事かどうかは判らない。

「将軍の息子は……どうかしら。生きてますか?」

「さあ、どうだろう。まったく消息は聞いていないが、さっき言ったとおり、残党狩りが激しいんだ。抵抗する勢力はほんの少しでも潰そうとしている」

だとしたら、ルシェンナがアルマーストにいたとしても、いずれ見つかっていたかもしれない。奴隷商人に捕まったからこそ、アルマーストから逃げられたと言うこともできる。

「ルーナ……君は故郷には帰れないよ」

「ど……どうして?」

「君は捕まってしまうからだ。僕はわざわざ君をそんな危険な目に遭《あ》わせたりしない。子供の身代わりに、鞭を受けるくらい勇気があるかもしれないが、兵士には太刀打ちできないだろう?」

ルシェンナはどうしたらいいのか判らなかった。もしエディックの言うとおりなら、確かに故郷に帰ることはできない。無駄死にすることになるからだ。

でも、スティルがわたしを捜していたら……?

帰らなければ、スティルやその仲間を裏切ることになる。ルシェンナ自身は、国を再興するなんて、夢物語なのではないかと疑っていたが、それでも無視したままでいることはできなかった。

「わたし……いつまでも、こんなふうにあなたのお世話になるわけにはいかないし……」

「別に僕は構わないよ」

「何かお仕事をします。何かわたしにできる仕事を……」

一方的によくしてもらっているような状態で、ここを勝手に出ていくのは、今度はエディックを裏切ることになるのではないかと思ったのだ。しかし、自分が何か仕事をしていれば、互角な関係ということになる。たとえ突然、出ていったとしても、恨まれる可能性は少なくなるはずだ。

「それなら……」

エディックはすっとルシェンナの顎に手をかけた。突然のことで、ルシェンナは胸がドキドキしてくる。

「僕の愛妾になればいい」

ルシェンナは自分の耳を疑った。

愛妾……？　愛妾ですって？

何言ってるの、この人。

ルシェンナは呆然として、彼の顔を見つめた。

「わたし……」

「君に労働ができると思わない。僕の愛妾になれば、元のような生活ができる。多少の制約はあるが、それ以外は自由にしていてもらって構わないし、働く必要もない。君には綺麗なドレスや宝石を買ってあげられる」

エディックはとてもいい申し出のように語っている。けれども、ルシェンナにとっては、それは屈辱《くつじょく》的なことであり、最悪の選択としか言えなかった。

確かに、自分はロクに働くこともできないだろう。綺麗なドレスを着たいし、宝石を身につけて、笑って暮らしたい。しかし、その代わりに、自分の身体を差し出すとなると、話が別だった。

「わたし、あなたが独身かどうかも知らないわ。どうして、あなたが愛妾を欲しがるのかも……」

「妻はいない。しかし、家の都合で、自分勝手に結婚することはできない。それに……僕は君という人間をまだよく知っているわけじゃないんだ」

つまり、愛妾には気軽にできるが、結婚するほどの相手ではないと思われているのだ。こんな屈辱は生まれて初めて受けた。

奴隷扱いされるより、鞭で打たれるより、ルシェンナにとっては屈辱的だった。

愛妾なんて……！

とんでもない話だ。父王も母后も、そんなことのためにルシェンナを逃がしたのではない。大いなる未来を信じて、ルシェンナをスティルに託したのだ。

「わたしはあなたの愛妾なんかにはなりません！」

ルシェンナははっきりと言い切った。

エディックはルシェンナを見据えた。その眼差しの強さは、ルシェンナを怯ませるものだった。王女の自分に、こんな思いをさせる彼は、一体どういう立場の人間なのだろう。

彼はふっと笑った。

「気が強いな。だが、そんな気の強さを見せつけられれば、ますます君が欲しくなってくる」

「そんな……！」

ルシェンナは毛布を引き寄せ、彼から身を遠ざけようとした。しかし、逆に肩を摑まれ、引き戻される。

彼の顔がこんなに近くにある。ルシェンナは自分がドキドキしているのを、彼に知られたくなかった。

「君は忘れてないかな？　僕は君を買った。つまり、君は僕の奴隷なんだよ。君が貴族の姫だろうがなんだろうが、今はそんな立場にないんだ」

「だって……。あなたはわたしを買ったとき、そんな気持ちではなかったはずです！」

「いや、そうでもないさ。ただ、少女に手を出す趣味はないからね。君が十八歳と知ったときから、僕は君を自分のものにすると決めていた。君だって……最初に目を合わせたとき、何かを感じたはずだ」

ルシェンナは一瞬、言葉を返せなかった。

あのとき、何かを感じたのは、わたしだけじゃなかったの……？

うろたえた隙《すき》を突いて、エディックはルシェンナの後頭部に手を添えた。ぐいと引き寄せられ、唇が重なる。

ルシェンナは誰かと唇をこうして合わせたのは初めてだった。今まで誰一人として触れたことのない唇だったのに、易々とエディックに奪われた。

逃れようにも、後頭部を押さえられていると、顔が動かせない。ぴったりと重なった唇の隙間から、彼の舌が忍び込んでくる。無理やりこじ開けられて、舌を差し込まれた。

驚きのあまり、身体を強張らせる。

唇を奪われただけで大問題なのに、舌まで触れ合わせるとなると、ルシェンナはどうしていいか判らなくなっていた。彼から逃れる方法がないのなら、舌を噛むしかないのだろうか。

でも……。

彼は意外にも舌を絡めてからは、乱暴ではなかった。呆然としているルシェンナの舌を、包むように優しく愛撫《あいぶ》し、口の中をくすぐるような動きで探っていく。

寒くもないのに、ぞくぞくしてくるのは何故なのだろう。

これがキス……。本当のキス。

挨拶として、頬や手にするキスとはまるで違う。甘くて優しくて、それからとても気持ちのいいものだった。

「……いい子だ」

唇を離すと、エディックは子供をあやすように耳元で囁いた。

「あ……。いや。わたし……わた…し……」

毛布を外され、シュミーズだけの胸が晒される。紅色の乳首がうっすらと見えていた。隠さなくちゃいけないと思いながらも、何故だか身体に力が入らない。そのうちに、エディックはその胸にそっと手を触れてきた。

「ダメ……」

片方の乳房をそっと掌《てのひら》で包まれた。彼の体温が伝わってきて、今まで感じたことのない感覚に、ルシェンナは戸惑う。

「君は僕のものになるんだ」

優しいながらも、彼の言葉には強制力があった。頭の隅《すみ》ではダメだと思っているのに、どうしても抵抗できない。彼に胸を触られて、うっとりしている自分に、ルシェンナはただ呆然としていた。

彼の指がそっと乳首に触れる。

「あ……やっ……」

小さな声が出る。けれども、それはとても抵抗しているとは言えないほど小さな声だった。

優しく乳首を指で撫でられて、ルシェンナは身体が熱くなってくるのを感じた。布の上から撫でられているだけで、自分がこんな反応をしていることが恥ずかしくて仕方がなかった。

「やめて……」

彼の手をなんとかして止めようとしたが、振り払われる。男性の手に一度も触れられたことのない場所なのに、エディックはまるで自分のものであるかのように触れている。

いや、彼はルシェンナを……いや、ルーナを自分のものにすると決めているのだ。そして、今、それを実行しているのだろう。

ああ、だから、止めなくちゃ。やめさせなくちゃ。

気持ちは焦るものの、ルシェンナは彼に抵抗しきれないでいた。

エディックは顔を下げて、ルシェンナの首筋へと唇を這わせてきた。キス以上のことはほとんど知らないルシェンナにとって、それは驚きでしかなかった。首にキスをしてくるエディックにも、そのキスに身を震わせる自分自身に対しても。

何……？　なんなの？

身体の内側から妖しくざわめくものがある。その感覚の正体を、ルシェンナは知らなかった。

エディックに触れられると、抑制が利かなくなる。ただ、彼に身を任せたくなってきてしまうのだ。もちろん、それはよくない。結婚もしていない男女がこんなことをしてはいけないことくらい、ルシェンナも知っている。

愛妾になんて……ならないんだから。

それでも、彼に触れられると、身体が蕩《とろ》けてくる。シュミーズの上からとはいえ、こんな薄い布地では、肌を守る役目は果たしていない。裸と同じことだった。

純潔を奪う行為は、痛いと聞いていたのに……。

具体的なことは、ルシェンナはまだ何も知らない。キスされて、抱き締められて……それから先は、女官からこっそり借りた本の中にも書いてなかったのだ。

でも、このままでは、彼はわたしを奪ってしまうわ。

肩にもキスをされている。彼のキスが次第に下へと下がってくることが怖かった。肩の次はどこなのだろう。そう思っているうちに、ルシェンナはいつしか身体を横にされて、上からのしかかられていた。

「あ……」

彼を押しのけようとした瞬間、胸の膨らみの上部にキスされて、言葉を失った。

シュミーズの下は何も身につけていない。ルシェンナの肌を守るものは、たった一枚の薄い布だけ。いけないことと知りながらも、ルシェンナはドキドキしていた。この熱いときめきをもう少しだけ味わってみたい。

エディックの手管にはまっているに違いない。それは判っているのに、止めることができないのだ。もう少し……もう少しだけ。ルシェンナの頭の中にはその言葉が繰り返し響いていた。

両方の膨らみを両手ですくい上げるようにして、包み込まれる。

「この素晴らしい胸を巻いた布の下に隠していたんだね」

「だ、だって……」

「いや、君は正しかった。顔を汚したことも。君が美しいままだったら、きっと奴隷市に出されるより、どこか身分の高い貴族の館に連れていかれたかもしれない」

「どうして、そんなことが……判るの？」

「裏取引が得意な連中がいるんだよ。彼らは競《せ》りには参加しない。あれは一種の遊びだからだ。本当に美しい女は貢物《みつぎもの》にされる」

貢物にされずに済んで、よかったと言えるのだろうか。確かに、奴隷市に出されたからこそ、エディックに救われたのだが。

いや、これが救いなのかどうかは判らない。エディックはひどい扱いをしているわけではない。無理やり襲いかかっているわけでもない。しかし、今、エディックにされていることは、本当は避けねばならないことなのだ。無理やりではなくても、エディックは自分の思うとおりのことをしている。

「わたし……こんなことしちゃいけないの……」

「いいんだよ、ルーナ。君の身体は僕を欲しがっているんだから」

エディックはシュミーズの上から乳首をそっと含んだ。布越しに柔らかく湿った感触に包まれて、ルシェンナは身体を震わせた。

「ああ……ダメ。ダメよ。放して」

必死でエディックを突き放そうとしているのに、腕に力が入らない。それに、エディックの力のほうが強かった。しっかりと体重をかけてきて、押しやられないようにしている。

「さあ、邪魔なものを脱いでしまおう」

「あ……いやっ……！」

シュミーズの裾を持ち上げると、エディックは容易《たやす》くルシェンナの身体から剝ぎ取った。あっという間のことで、ルシェンナはたちまち丸裸となってしまう。毛布もエディックに蹴散らされていて、身体を隠すには役に立ってくれていない。

ルシェンナは生まれて初めて男性に裸を晒していた。思わず隠そうとしたが、エディックは微笑むと、その両手をそっと外した。

「見ないで……っ」

「見るに決まっているだろう？　こんな美しい身体を見ないはずはない」

美しい身体かどうかなんて、ルシェンナには判らなかった。しかし、うっとりと見つめられると、その目つきに、ルシェンナは身体の芯《しん》が熱くなるのを感じた。

わたしは……アルマーストの王女なのよ。いや、もし国を再興したなら、わたしは女王になるのに。そんなわたしが、こんな身分も知れないような他国の男性と、こうして裸でベッドにいるなんて、とんでもないことよ。

それなのに、エディックに崇拝《すうはい》するような目つきで見つめられて、ルシェンナは身動きもしていない。抵抗どころではないのだ。身体が激しく反応していて、気持ちのいいことに流されそうになる自分を、ルシェンナは必死で抑えていた。

エディックがもっと横暴で乱暴な男なら、きっと力の限り抵抗しただろう。けれども、彼は最初のキスこそ無理やりだったが、乱暴なことはしていない。それどころか、優しい仕草や囁き声で、ルシェンナの力を奪っていた。

ルシェンナはどうしようもなくて、涙ぐんでしまった。

「わたし……純潔を失うわけにはいかないわ……」

エディックはこんなときにも微笑みかけてくるのだ。顔を近づけられると、胸がドキドキしてくる。ずっと彼の傍にいたいという考えが、ふと頭を過ぎる。

ダメ……ダメなのよ。わたしはアルマーストの王女なのよ。

なんとかして、アルマーストに帰らなくてはならないのに、こんなところで、彼に身を預けているわけにはいかなかった。

「君は何も心配しなくていいんだ。すべて、君のことは僕が責任を持つ。君はただ僕のものになりさえすればいいんだよ」

彼の言葉がルシェンナの心の内まで沁み透る。何故だか、彼の言うことに従えば、すべてが上手くいくような気になってくる。彼のものになれば、自分の重い責任や人生を代わってくれるような、そんな錯覚《さっかく》まで覚えてしまう。

違う。そんなはずはないのに。

けれども、彼の唇が再び重なったとき、ルシェンナは彼に所有の烙印《らくいん》をすでに押されていたことに気がついた。

彼は甘い言葉を囁きながら、実は支配者然としている。ルシェンナをこのベッドから逃がすつもりはまったくないのだ。

彼は確かにわたしを買ったんだわ……。

今になって、その事実がルシェンナの肩に重くのしかかってきた。彼がルシェンナを愛妾にすると決めたら、ルシェンナはそれに従うしかないのだ。ルシェンナが王女であろうと、貴族の姫であろうと、なんの関係もない。エディックには支配権がある。

それは、金銭的なやり取りの問題ではなく、きっと心の問題なのだろう。彼は何者なのだろうか。王女である自分をこうも易々《やすやす》と支配してしまうなんて。

ルシェンナは敗北を悟った。

彼に抗えない。身体は蕩けているし、それ以上に心は彼に傾いている。しかし、それ以上に、彼に支配されている自分は、もう抵抗なんてできなかった。

わたしは彼のものになる……。

そう思うと、身体の芯はますます熱くなってくる。

そうだわ。わたしは彼のものになりたい。悲しいことに、純潔を失ってはいけないという理性の声より、その欲求のほうが強かった。

わたしの人生はマーベラ国の侵攻で変わり、それから、エディックと出会ってしまったことにより、もっと変えられていく。

アルマーストにはもう戻れないかもしれない。そんな恐れが頭を過ぎる。しかし、それより、彼のキスのほうが今は重要だった。

柔らかい舌の動きがルシェンナを溶かしていく。エディックのキスはさっきよりずっと情熱的だった。舌をからめとられて、ルシェンナは息をすることも忘れてしまいそうだった。

唇が離れて、ルシェンナは大きく息をついた。エディックはそれを見て、くすっと笑う。

「なんて可愛いんだろう。ルーナ……キスの仕方も知らないのかい？」

「だって、初めてだから……」

エディックは柔らかい微笑みを見せた。

「キスもしたことがなかったのか。それなら、君はすべてを僕に捧げることになるんだね」

また胸を掌に包まれた。しかし、さっきとは違う。シュミーズを着ていないからだ。直《じか》に触られて、ルシェンナはビクッと身体を震わせた。

「エディック様……っ」

「君がそう呼んでくれたら、その名前が好きになりそうだよ」

彼は奇妙なことを言った。自分の名前が好きではないのだろうか。

エディックはルシェンナのことをほとんど知らない。しかし、ルシェンナも彼のことをよく知らないのだ。ただ、一目で惹かれ合い、肉体的にも結びつこうとしているだけで。

ルシェンナは不思議だった。何も知らない相手に、これほど惹《ひ》かれるものなのだろうか。

エディックに触れられただけで、ルシェンナの身体はどうしようもなく力が抜けていく。

蕩けていくという表現が一番合っているかもしれない。こんな反応をする自分は、彼には従うしかないのだ。

エディックは顔を下げていく。そして、ルシェンナの胸の頂に唇をつけた。

「あ……っ……」

さっきはシュミーズの上からだった。だが、今は直にキスされている。唇に包まれ、舌で転がされる。わけの判らない感覚に、ルシェンナは自分の身体がビクビクと勝手に震えるのを止められなかった。

いよいよ、自分の身体さえも自分の思うとおりにはならない。エディックに支配されたままだった。

エディックは乳首を弄《もてあそ》び、最後にキュッと吸った。大げさなくらいに、身体が揺れて、ルシェンナは自分の反応が恥ずかしかった。

彼はそのまま唇で乳房の形をなぞっていき、今度は腹のほうへと移動していく。いつの間にか、ルシェンナは彼に腰を両手で抱き締められていた。

「あ……あの……」

「なんだい？」

「わたし……わたし、恥ずかしい……」

乳房を見られたり、触られたりするのも恥ずかしかったが、下半身をこんなに近くから見られることはもっと恥ずかしかった。

「恥ずかしくなんかない。君の身体はどこだって綺麗なんだから」

エディックはそう言いながら、ルシェンナの柔毛にそっと触れた。

「ああ、でも……」

「心配しなくていい。……何も怖くないんだ。恥ずかしいのも……きっとすぐに慣れるよ」

彼は臍《へそ》の下にキスをした。こんな行為に慣れるときが本当に来るのだろうか。ルシェンナはさっきから初めてのことに戸惑い、そして、翻弄《ほんろう》されるばかりだった。

次に腰の辺りにキスされて、脚の付け根にも唇を這わせてくる。立っているわけでもないのに、何故だか脚がガクガク震えてくる。彼のキスは恐ろしいほどの威力があった。

いや、怖いのはキスだけではない。エディックは支配する力を持ち、何か恐ろしいところを秘めているような気がした。きっと逃げたくても逃げられない。逃げても、彼はずっと追いかけてくるだろう。

いや、彼はきっと逃げることを許しもしないだろう。その超然とした支配力でもって、ルシェンナを縛りつけるのだ。見えない鎖で。

エディックは太腿にもキスをした。

「もっと脚を開いて」

「で、でも……」

開いたら、すべてを見られてしまう。全裸というだけでなく、秘密の部分まですべて明かさなくてはならないのだろうか。

「ルーナ、ちゃんと開くんだ」

彼のそういうときの言葉には、確かに強制力があった。支配する側の言い方だ。ルシェンナはその言い方に覚えがあるものの、やはり抗《あらが》えなかった。

震えながら、両脚を開いていく。

「もっとだ。もっと開いてみせるんだよ」

恥ずかしい。そして、屈辱的でもあった。彼はルシェンナが何者かも知らない。しかし、彼は確かにルシェンナを従わせていたのだ。

アルマーストの王女だという誇りは、一体、どこに行ってしまったのだろう。そう思うと、涙がひとりでに流れ出していた。

「泣かなくてもいいんだ。君は僕にすべてを委ねることで、楽になれるんだからね」

本当にそうだろうか。判らない。けれども、もう、そんなことはどうでもいいような気がしていた。それに、エディックの指示に従うほうが、抵抗するより、よほど楽だった。

たとえ、死ぬほど恥ずかしくても。

「これで……いい？」

お願い。いいと言って。

ルシェンナは恥ずかしさに目を閉じた。

「これじゃ、君の可愛いところにキスもできないよ」

わたしの可愛いところ……？

意味が判らず、当惑していると、いきなり両方の太腿をぐいと押し上げられた。驚いて目を開けると、両脚は押し広げられていて、とんでもない格好になっていた。

本当にすべてを見られている……！

ルシェンナは自分が取らされている格好に、眩暈を覚えた。

ああ、わたしがどうしてこんな目に……。

「やめて……見ないで」

「ダメだよ。君は僕にすべてを委ねるんだ。そうしたら、褒美をやろう」

「褒美……？」

「そうだ。君が今まで知らなかったものをやろう。……力を抜いて」

言葉そのものは柔らかいのに、彼の言葉には不思議な強制力がある。ルシェンナは身体から力を抜いた。もちろん、完全には抜けなかった。どう考えても、この格好は恥ずかしすぎる。

「そう。……いい子だ。とても可愛いよ」

彼の顔が近づく。あっと思ったときには、彼の唇がルシェンナの芯を捉えていた。

「あ……いやっ……」

唇をつけられただけではない。柔らかい舌先が探るように動いている。彼の唇はまるでルシェンナの弱いところをすべて知り抜いているようだった。

エディックの舌がそこに触れる度に、身体がビクビクと震える。ルシェンナは目をギュ

ッと閉じて、シーツを握り締めた。そうでもしないと、この強烈な快感に呑み込まれてしまいそうだった。

「やぁっ……あっ……ああっ」

身体が大きく震える度に、どうしても声も出てしまう。こんな自分は初めてだった。自分の身体の部分に、これほど敏感なところがあったなんて、不思議でならない。それこそ、今まで知らなかったものだ。

これが……彼の褒美なの？

身体の熱が収まらない。それどころか、次第に熱さが増していくようだった。

わたし……わたし、どうしたらいいの？

熱にうなされたかのように、ルシェンナは頭を左右に振った。さらさらと髪がシーツと擦れる音がする。もう、自分の身体を制御できない。

このままだとどうにかなってしまうと思ったときに、エディックは顔を上げた。そして、両脚を押さえていた手も放れる。

助かったと思ったものの、何故だか物足りない気持ちがする。もっと彼に追いつめられてしまいたかった。もやもやとしたものが、身体の奥に溜まっている気がした。

ルーナはエディックの視線が脚の間に向いていることに気づき、思わず両脚を閉じようとした。

「ダメだよ」

優しく言われたのに、ルシェンナは脚の動きを止めてしまう。

「ちゃんと脚を広げて。……そう、それでいい」

まるで、エディックに見物してほしいとでも言うように、自分は脚を彼に向けて開いていた。すべて、彼の指示するままになっていて、そんな自分がおかしかった。

エディックは手を伸ばして、指先だけで秘所にそっと触れた。

「あ……」

その指がつつーっと秘部の中央を辿っていく。

「花弁がすっかり綻んでいるよ。中から甘い蜜《みつ》がとろりと溢れ出していて、僕に触れてほしいと頼んでいるんだ」

「蜜が……？」

「判るかい？　ほら……」

彼が花弁に触れると、本当に中から何かが溢れ出してきたのが判った。

「びっしょり濡れている。つまり、君は僕に触れてもらいたがっているんだ。こうして……僕の指を入れてほしいって」

エディックの指が内部へとゆっくり入っていく。ルシェンナは驚きのあまり、目を見開いた。

嘘……！

そんなところに指を挿入されるとは思わなかった。

だが、それが嫌だとは思わないのだ。逆にぞくぞくとするような喜びを感じた。他人の指が自分の内部を侵しているというのに。

「きついな。……君はどう？」

「わ……判らない……」

少し痛みもあったが、自分が指を入れられて興奮しているのは判っていた。さっき、芯を舐められていたときの名残かもしれない。身体の中にくすぶっていた熱いものが、再び燃え上がりそうな気配があった。

「でも、きっと少しは感じてるんじゃないかな。君の中がきゅっと締まって、僕の指を放すまいとしているから」

そんなふうに言われると、なんだか恥ずかしかった。快感を得ていることや、これほど胸がドキドキしていることも、彼に知られているのだろうか。

「慣れたら……もっとよくなるよ」

彼の声がまるで誘うように響いた。

「もっと……？　どんなふうに？」

エディックはくすっと笑った。

「何度もしたくなるくらいに。君は僕から離れられなくなるかもしれないね」

そうなったら困る。いずれ、ルシェンナはアルマーストに帰らなくてはならないのだ。だけど……。今はこうしていたい。というより、ルシェンナに他の選択肢はなかった。

エディックはルシェンナに大きな影響を及ぼしていた。

エディックが指を動かすと、ルシェンナは甘い声を洩らした。

「そう。君は素直に反応すればいいんだ。他のことは何も考えなくていい。僕が与えるもののことだけ、考えて……」

たちまちルシェンナの頭の中から、アルマーストやいろんなことが出ていった。今は自分の中にあるエディックの指のことしか考えられない。

エディックは指をギリギリまで引いて、また奥まで押し込んでいく。その繰り返しだったが、次第にルシェンナの身体は熱く燃えるように変化していった。

指が身体の内部を行き来しているだけなのに。

どうして……？

まるで魔法でもかけられているかのようだった。甘い疼《うず》きが湧き起こってきて、腰の辺りでそれが渦《うず》を巻いているようにも思えた。

わたしが……わたしでなくなってしまう。

そんな危ういところに、自分が今いるような気がした。けれども、もう逃げられない。止められないところまで来てしまっていた。

エディックが再び唇を寄せてきた。芯を舌で愛撫され、同時に秘部を指で侵されている。その瞬間、身体の中に燻っていた快感がぐっとせり上がってきて、ルシェンナの全身を満たした。

「あぁっ……！」

ルシェンナは鋭く甘い衝撃に貫かれた。ぐっと力が入り、身体が強張ったが、それも一瞬のことで、すぐに弛緩《しかん》する。やるせないような切ないような、今まで感じたことのない感覚に、ルシェンナは涙が出そうになった。

エディックは上半身を起こすと、素早く衣服を取り去ろうとしていた。

ルシェンナはそれをぼんやり眺めていた。男性の裸なんて、今まで見たことがない。せいぜい、絵画や彫刻で見るくらいだった。

エディックの裸体は彫刻のように美しかった。ただ、その股間にあるものは猛々しく、ルシェンナはそれを見て、はっと我に返った。

「わ、わたし……」

「初めてだということは判っている。怖がらなくてもいい。優しくするから」

彼は有無を言わせず、ルシェンナの両脚を広げて、その間に腰を押し進める。まだ敏感なままの秘所に硬いものが当たり、ルシェンナはビクンと震えた。

「や……っ」

怖いというより、ただ恥ずかしかった。自分が裸で脚を広げ、大事なところに彼のものがぴたりと合わさっている。とても恥ずかしいのに、何故だか甘い感覚に襲われて、ルシェンナはそんな自分に眩暈を覚えた。

「これが……純潔を失うということなの？」

彼は小さく笑った。

「いや……。可愛いルーナ、それはもう少し先のことなんだ」

それなら、これより先は進んではいけない。そう思うのに、身体は動かない。まだ夢見心地の身体は、この続きをしてもらいたがっていた。

ああ、でも……。

今、重なっているその部分が熱い。自分は確かに彼を欲していた。

エディックはぐいと腰を突き入れた。

「あ……っ」

鋭く息を呑む。彼のものが中へと入ろうとしている。それに気づいて、ルシェンナは動揺してしまった。

彼のしようとしていることが、初めて理解できたからだ。指と同じように、男性の大事なものが自分の中に侵入しようとしている。

「痛い……。無理よ……っ」

「馬鹿な。みんな、していることだ。無理なはずはない。……大丈夫。僕を信じて」

力が込められると、痛みが増す。本当にこんなことを、みんなもしているのだろうか。

そういえば、痛みとか出血の話を聞いたことがある。

エディックがそっと身体を倒して、二人は重なる。初めて肌と肌が触れ合う感覚に、ルシェンナは陶酔にも似た気持ちになった。

胸がドキドキしてくる。彼の肌は滑らかで、温かくて、触れ合っていると心地いい。思わずルシェンナは自分から手を伸ばして、彼の身体に触れていた。

最初は腕、そして、肩。背中……。そして、彼の背中に揺れる髪。

痛みも忘れるくらいに触り心地がよくて、ルシェンナはエディックに対する感情が激しく揺れ動く。

「ルーナ……」

エディックが小さく呟くと、腰をぐいと前に突き出した。鋭い痛みに見舞われ、ルシェンナは彼の首にしがみついた。

しかし、痛んだのはそれが最後で、後は彼が自分のものを収めきって、完全に身体が繋《つな》がったときも痛くはなかった。ただ、とても熱い何かを感じて、ルシェンナは彼の背中に掌を滑らせた。

純潔を失ったというのに、不思議と自分の中に後悔はなかった。新しいことを知り、そのことに対しての興奮があるだけだった。

彼のあの猛《たけ》ったものが自分の身体の中にすっぽりと入っている。信じられないが、それは事実だ。身体で確かに感じる。彼の脈動や体温を感じて、逆に自分の脈動や体温を彼が感じているのだと思うと、感動に近い気持ちが胸の中に広がっていった。

身体は完全に繋がり、重なっている。これ以上ないくらいに近くにいる。その相手が、目の前の男、エディックだった。

わたしを支配する男。肉体も精神も、すべてを要求する強い男だ。

ルシェンナは彼に対して、特別な感情を抱き始めていた。それがいけないことだと知っている。危険であることも。

エディックという男は正体が知れない。彼が自分の素性を知ったら、一体どんな反応を示すのだろうか。今までと変わりなく接してくれるだろうか。それとも、何か取引の道具として使うのだろうか。

エディックはそろそろと動いた。腰を動かすと、中にあるものが指のときと同じように、ルシェンナの快感を引き出していった。

「わたし……また……」

「また感じる？　いいんだよ、好きなだけ感じれば」

「あ……っ」

こんなわたしは嫌だ。彼にどこまでも翻弄《ほんろう》され、支配されていく。このベッドに押し倒されてから、何度もこんなふうに快感の虜《とりこ》になってしまっている。

「君は綺麗だね。感じてるときだって……乱れているくせに美しいんだ」

彼はルシェンナの首筋に顔を埋めた。そして、そこにキスをしてくる。

「やっ……もう……」

「まだ早い。もう少し我慢して」

耳元で囁かれると、背中がゾクゾクしてくる。甘い囁きなのに、彼はどうしてこんなふうに自分を惑わせることができるのだろうか。

熱いうねりがまた襲いかかってくる。ルシェンナは身体をくねらせた。腰がひとりでに動いていく。まるで、彼の律動に合わせるように。

「やぁっ……あん……あっ……」

ルシェンナは頭を左右に振った。長い黒髪に彼の指が絡む。ぐっと背筋を反らした瞬間、再び至福の境地に飛んでいった。

エディックの腰が押しつけられる。最奥で今までと違うものを感じたが、ルシェンナは快感の余韻に浸っていて、深くは考えなかった。何より、彼がしっかりと抱き締めてくれている。体温の高い身体が密着していて、もう何も考えられないくらい、今のルシェンナは幸せな気分に酔っていた。


「ルーナ……」

顎に手をかけられ、唇が重なる。ルシェンナはまだ夢見心地だった。

彼に触れられ、キスされる喜びを全身で感じている。

唇を離すと、エディックはゆっくりと身体を離していった。自分の内部から彼のものが抜けていく。抜ける瞬間もゾクッとして、身体が震えた。

「ルーナは敏感なんだね」

「わ……判らないわ。敏感とか、そういうのは……」

「うん。自分では判らないかもね。でも、確かに敏感なんだよ。そこがとても可愛い」

彼に可愛いと言われて、胸の中が温かくなってくる。彼の瞳の中を見つめて、優しさを見つけると、ほっとした。身体が離れることで、今までの彼が去ってしまうような気がして、少し不安だったのだ。

「ちょっと待ってて。汚れてるから、綺麗に拭いてやろう」

部屋の隅に洗面台がある。そこには水差しやタオルが置いてあった。エディックはタオルを濡らして、自分の股間をさっと拭くと、簡単にゆすいで、それをこちらへ持ってきた。

ルシェンナが起き上がろうとするのを制した。そして、ルシェンナの脚を開かせると、そこをタオルで綺麗に拭いていく。

「自分でします……」

「いいんだよ」

他人に拭ってもらうのは気が引けたが、タオルを見て、ギョッとする。それには血がついていたからだ。

「初めてだったからね。……今更だけど、痛かった？」

「最初は痛かったけど……」

「後は気持ちよかった？」

エディックは微笑みながら、尋ねてきた。ルシェンナは頬を染めたものの、頷《うなず》かなかった。認めてしまうのは、恥ずかしかったのだ。彼に自分の反応を知られていたから、わざわざ肯定しなくても同じことだった。

エディックは確かにルシェンナが今まで知らなかったことを教えてくれた。男女の交わり、身体の結びつき、そして、快感。

どれも経験しなければ、判らなかったことだ。誰も具体的には教えてくれなかったし、ルシェンナの知識はないに等しかったのだ。

ただ……得たものがある代わりに、失ったものもある。未婚の女性が大切にしなくてはならない純潔を失った。

わたしはもう、まともな結婚などできないだろう。

けれども、不思議と後悔はしていなかった。失ったものを悔《く》やんでも仕方がないということもあるが、それ以上に、どのみちまともな結婚など自分はできないと諦めているからだ。

アルマーストは、もうないに等しいのだ。つまり、ルシェンナは亡国の王女ということになる。王女だからといって、なんの価値もない。身の回りのことも自分でできないのだから、本当に役に立たない女ということになる。

それこそ、貴族の愛妾にでもなるのがちょうどいいのかもしれない。エディックは貴族ではないだろうが、暮らし振りはかなり裕福そうだ。屋敷は非常に立派だからだ。とはいえ、ルシェンナは愛妾になる気はなかったし、やはりアルマーストに帰るつもりだったが。

自分が生きる場所はあの国しかない。帰ったとしても、捕まって、殺されるだけかもしれない。しかし、スティルが生きて、ルシェンナを捜していたとしたら……。

両親と交わした誓いは、まだ生きている。奴隷狩りに捕まり、よその国まで連れてこられてしまい、挙句の果てに純潔を失ったが、それでも自分に課せられた使命を果たさなければならない。

結婚なんて……自分にはもう考えられない。そんな暇はない。もしくは、そんな時間も残されていないかもしれないのだ。

エディックの、人を支配する力は強い。だからこそ、彼からはなるべく早く離れるべきだろう。

「何か他のことを考えてるね？」

エディックはそう言いながら、寝床に入ってきて、ルシェンナの身体を抱いた。

「あ……あなたは自分の部屋に戻らないの？」

肌と肌が触れ合い、ルシェンナはその心地よさに酔いながらも尋ねた。

「君は僕のものだからね。いけないかい？」

彼はルシェンナの肩を引き寄せた。ルシェンナはほぼ無意識の内に、彼に身体をすり寄せていた。

「君だって思うだろう？　このまま僕と一緒にいたほうがいいって」

ルシェンナは答えなかった。嘘やごまかしを言えば、それに縛られるような気がした。

彼の言葉には強制力があり、ひと度、誓いを交わしたら、破ることなどできそうになかった。

それに……。

できれば、エディックに嘘やごまかしは口にしたくなかった。王女だということを黙っているのだから、それこそ彼を騙《だま》しているのと同じことだ。これ以上、嘘を重ねたくなかった。

エディックを聖人に祭り上げるつもりはないのだが、こんなふうに抱き合って、肌の温もりを知った間柄なのだから、できれば正直でいたかった。

「故郷のことを考えてるのかな?」

エディックはルシェンナの髪を手に取り、指先に巻きつけた。

「アルマーストの民はみんな黒髪だって本当?」

「本当よ。みんな、そうなの。この国ではめずらしいことなのよね?」

「そうだ。だから、奴隷狩りなんて起こる。こっちで内乱でも起きれば、それに乗じて奴隷狩りが行なわれて、黒髪の人間ばかりがいる国に送られていくんだ」

自分と彼の違いは髪と目の色だけだ。肌の色は変わらない。もっと遠くの国まで行けば、肌の色が違う人間がいるという。ルシェンナはそこまで遠くに連れていかれずに済んで、よかったと思う。

この国とアルマーストは繋がっているのだ。わずかな土地に国境があり、警備も厳しいと聞くから、他の国へと一旦、入ってから、改めてアルマーストに入るのがいいのかもしれない。しかし、かなり遠回りになってしまう。

「奴隷として売られた人達は、どうなったのかしら……？」

ほんの一瞬だが、エディックが答えるまでに、少し間があった。直感的に、エディックは奴隷の行き先を知っているのだと判った。

「ねえ、教えて。知っているんでしょう？」

「どうして君は僕が知っていると思うんだろう。買われた相手の家に連れていかれたに決まっているだろう？」

確かにそのとおりなのだが、何故だかエディックは知っているような素振りをしたのだ。それとも、自分の気のせいなのだろうか。

「わたしは……運がよかったの？」

「もちろんだ。本当に奴隷扱いされて、無給で働かされることもあるし、身体を弄ばれて、それっきりということもある。鞭《むち》を使ったりする男もいるらしいし」

「鞭……」

ルシェンナは自分の背中を打った鞭の痛みを思い出して、身震いをした。あの奴隷商人はどこへ行ったのだろうか。またアルマーストに戻ったのかもしれない。そして、また新たな奴隷狩りを行ない、この国に戻ってくることも考えられた。

「そういえば、うっかりしていたが、君の背中の傷は痛まなかったかい？」

今になって、少し痛んでいる。行為の最中にはもう思い出しもしなかった。

「大丈夫よ」

「見せてごらん」

優しい言葉に促されて、彼に背中を見せた。

「白い背中に赤い跡がついているね。でも、これくらいなら、跡は残らないだろう」

エディックはそっと背中に掌を押し当てた。ビクンと身体を揺らしたルシェンナに、深みのある静かな声がかけられた。

「ごめん。痛い?」

「……いいえ。ただ……少し驚いただけ」

彼の掌を押し当てられただけで、傷がすべて癒えるような気がしたなんて、とても言えない。どれだけ自分はエディックに心を寄せてしまったのだろう。身体を重ねると、そうなってしまうものなのだろうか。

ダメ……。ダメよ。

わたしは彼から離れなくてはならないの。王女としての責務を果たすために。誓いを全うするために。

ルシェンナは会ったばかりの男に、これほどまでに惹かれている自分が怖かった。責務を忘れて、彼の傍にいたいと思ってしまう自分が。

それでも、ルシェンナは振り向いて、彼の身体に擦り寄った。

今日は……今夜は彼の許にこうしていたい。明日のことは判らない。出ていけるなら、すぐにでも出ていくだろう。

ルシェンナは心の中でそう決心していた。

第三章　心も身体も翻弄されて

翌朝、ルシェンナが目を覚ますと、ベッドに一人で眠っていた。エディックはおらず、もちろん床に散らばっていた彼の服もなくなっていた。

ずっと一緒にいてくれるわけではないことを知っていながら、実際、目を覚ますと一人でいるのは、とてもつらくて淋しいものだった。これもまた、ルシェンナには初めての経験だった。

シュミーズはベッドの傍らのテーブルの上に置いてある。まるで、それが昨夜の情事の名残のように見えて、ルシェンナは一人で顔を赤らめた。

自分がエディックに抱かれて、どれだけ乱れたのかを思い出すと、赤面くらいで済まないものがある。明るくなった今では、あれは夜が見せた魔法だったようにも思える。

軽いノックの音がしたかと思うと、扉が開いた。メリルが入ってきて、ルシェンナが起き上がっているのを見ると、微笑んだ。

「どうですか？　お加減は？」

「ええ、よく眠れました」

もちろん嘘だが、エディックのことは言えない。しかし、ルシェンナはメリルの視線が自分の胸元に向けられているのを見て、慌てて毛布を引き上げた。シュミーズはテーブルの上だった。メリルに、裸で眠っているのを見つけられてしまった。

でも、裸で眠る人もいるわ。わたしはしないけど。

「心配しなくてもいいんですよ。エディック様から伺っていますから」

ルシェンナはそれを聞いて、狼狽《ろうばい》した。一体、何を聞いているというのだろうか。

動揺しているルシェンナに向かって、メリルは安心させるように笑いかけてくれる。しかし、そんなことで、動揺は収まらなかった。

「エディック様は素晴らしい方です。あの方に任せていれば、すべて面倒を見てくださいますよ。その……愛妾という身分をわきまえている限りは」

エディックはメリルに、ルーナを愛妾にしたと告げたのだろう。口に出して言わなかったかもしれないが、メリルは昨夜あったことを何もかも承知しているように見えた。

昨夜の魔法は消えかかっていた。あんなに幸せだったのに、今は惨めでしかなかった。愛妾という言葉が、すべてを台無しにしてしまう。

エディックは勝手に結婚できないと言っていたし、きっと身分が釣り合う女性と結婚するのだろう。もちろん、ルシェンナもエディックと結婚できたとしても、それは許されないことだと知っていた。自分の未来に、幸せな結婚などないのだ。

しかし、自分の立場が愛妾という言葉でくくられるのは、たまらなく嫌だった。彼にしてみれば、愛妾という名称にこそ、意味があるようだったが。自分のものだという証なのだろうか。

メリルは話を続けた。

「正直言って……手が早すぎだとは思いましたけどね。でも、どうせエディック様の愛妾になるのなら、早くから立場が決まったほうがいいんですよ」

ルシェンナは眉をひそめた。

「どういう意味ですか？」

「あなたはこのお屋敷の女主人になられるということです」

ルシェンナは意外な成り行きに驚いた。エディックはこの屋敷を愛妾に与えるつもりでいたのだろうか。

「そんなことまでしていただくわけには……」

「エディック様はお父上が決められた方と結婚しなくてはならないのです。今までいろんな女性と遊ばれてきましたが、愛妾を持ったことは今まで一度もありません。あなたのことを、よほど気に入ったのでしょうね。とにかく、面倒を見たくて仕方がないようですし」

メリルは何かを思い出したようにクスッと笑った。

「あなたは運がいいんですよ。エディック様を虜《とりこ》にしたのだから」

「エディック様が虜になったわけではないと思います。どちらかというと、わたしが……」

わざわざそんな説明をしている自分に気づき、ルシェンナは急に恥ずかしくなった。メリルは声を立てて笑った。

「まあ、それなら、何も言うことはありませんよ。エディック様をお慕いしているなら、話が早い。あなたはエディック様の愛妾という立場になり、この屋敷の女主人となります。いずれ、エディック様自身のことについては、ご本人からお話があると思いますから、私は何も申しません。ですが、とにかく、この屋敷の中では、あなたはエディック様の奥様のようなお立場となるんですよ」

ルシェンナは困惑した。何もかも、話が進みすぎる。昨日、奴隷市で鞭で打たれていたはずなのに、今日はこの屋敷の女主人だなんて。

エディックはこんな重要なことを、こんなに簡単に決めていいのだろうか。ルシェンナには理解できなかった。

それに、ルシェンナ自身はいずれここから出ていくつもりでいる。愛妾という立場で、ここでずっと暮らしていく生活を、自分には送ることができないのだ。たとえ、そう望んだとしても。

亡国の王女が愛妾になるなんて、ひょっとしたらお似合いかもしれない。そんな考えが頭を過ぎったが、ルシェンナは自分を叱った。純潔を失ったが、やはり愛妾にはなれない。しかし、出ていく計画を、メリルにも告げてはならなかった。

エディックが察知したら、絶対に止めるだろうからだ。

「わたしは……ただひっそりとこのお屋敷の隅《すみ》に置いていただけるだけでいいのに」

「そうは行きません。エディック様から直々《じきじき》のご命令ですから。あなたには侍女がつくことになりますが、それまでは私がお世話させてもらいますよ。いずれ、ドレスや小物や装身具も買っていただくことになるでしょうが、今日のところは昨日のドレスに着替えましょうか」

昨日より、メリルの態度も言葉遣いも丁寧になっている。もちろん彼女が優しく好意的なのは最初からだから、立場が変わった自分に擦り寄っているとは思わない。

ルシェンナは戸惑いながらも、昨日のドレスを身につけた。やはり、清潔な衣服はそれだけで嬉しい。たかだか七日間の奴隷生活が、ルシェンナを変えていた。汚い服をずっと着続けていなければならなかったのは、非常に苦痛だったからだ。

「そういえば、クルスはどうしているんですか?」

今になって思い出したのは悪いが、昨日と今日とでは、ルシェンナにとっては世界が変わったも同然だったから仕方がないかもしれない。

「あの子は朝早く起きて、いろいろ手伝いをしてくれますよ」

「それじゃ、わたしも……」

「だから、あなたはもう、そういうことはしなくていいんですって。奥様みたいに、ゆったりと構えていればいいんです。それに、私に敬語なんて遣わないでくださいな」

そう言われても困る。急に『奥様』に担ぎ上げられて、ルシェンナは戸惑うばかりだった。

「でも、わたしは……困ります」

メリルは柔らかな微笑みを見せた。

「あなたは強情なんですね。私はそういう意味での強情な方は好きなんですよ。人間は楽なほうに流れるのが普通ですからね」

「楽なほうが嫌というわけではないんです。その……なんて言ったらいいのか……」

愛妾という立場に留まるつもりはないというのが本音だが、それを口にしてしまうわけにはいかない。しかし、それをごまかしての説明は難しかった。

「いいんですよ。好きなだけお悩みなさい。でも、私はエディック様の言いつけどおりにするのが、仕事ですからね」

確かに、それはメリルの言うとおりだった。彼女はエディックに雇《やと》われているのだから、命令に従うのが仕事だ。そして、彼女にしてみれば、ルシェンナがエディックに従うのも、仕事ということになるのだろう。

「朝食の前に、まず書斎にお寄りください。エディック様がそこでお待ちですから」

何か話があるということなのだろうか。ルシェンナは不安に思いながらも、エディックの指示どおりにするしかなかった。

エディアルドは書斎で昨夜のことを思い出していた。

もしルーナが悪夢に苦しむ声を聞かなかったのなら、あんなことにはならなかった。彼女を愛妾にすると決めたものの、こんなに早く手を出すとは自分でも思っていなかったからだ。

けれども、あの柔らかな身体を抱き締めたときから、もう理性はどこかに消えてしまっていた。とても我慢ができなかった。彼女は何故だか自分を惹《ひ》きつけるのだ。あれだけ汚れた格好を見ても、必要もないのに大金を出して、彼女を買ってしまったくらいだ。

だから、今更、後悔しても遅い。それに、彼女を抱いたことを後悔しているわけではなかった。

彼女は思ったとおりの女性だった。何も知らない穢《けが》れなき乙女で、それなのにエディアルドが触れると、敏感に反応した。あの黒髪がシーツの上に広がる様も美しくて、白い肌との対比に、ゾクゾクしてしまった。

今、思い出しても、身体が熱くなりそうだった。いや、朝からそんな想像をしてはいけない。これからすることがあるのだ。

たくさんの厚い本と本棚に囲まれた机につき、部下からの報告書を手に取ったとき、ノックの音が聞こえた。

「入れ」

いつものように横柄に命令したが、扉が開いた瞬間、エディアルドは後悔した。入ってきたのは召使いではなく、ルーナだったからだ。

「わたしをお待ちだとお聞きしたので」

「あ、ああ……。こちらで話そう」

エディアルドは立ち上がり、長椅子を勧めた。彼女は軽く頭を下げると、優雅にその長椅子に腰かけた。エディアルドは彼女の所作に見蕩《みと》れながら、その向かい側にもある長椅子に腰を下ろした。

今朝のルーナはとりわけ美しく見える。朝日の中でその黒髪は輝き、肌は血色がいい。黒い瞳にも、昨日見た疲れはなく、力が漲《みなぎ》っているようだ。

単に疲れが取れたからということもあるだろうが、エディアルドとしては彼女が女になったからだと思いたかった。二人の身体の結びつきが、彼女に活力を与えたのだと。

「やっぱり、君は貴族の姫なんだな。それも、ずいぶん身分が高いようだ」

ルーナの顔は強張った。

「どうして、そう思われるんですか？」

「仕草とか、座っているときの姿とか……。品があり、美しさがある」

「そう……でしょうか」

ルーナは視線を逸らした。もっと自分を頼ってほしいのに、彼女の側に踏み込もうとすると、たちまち逃げようとしてしまう。その理由を知りたかった。

「もしかしたら、君のご両親や親戚はまだ生きておられるかもしれない。名前を教えてもらえれば、僕が手配して、捜してあげよう」

「手配……？　どなたかに頼んで、捜させるということなんですか？」

エディアルドが簡単に手配すると言ったことについて、彼女は疑問を抱いたようだった。彼女はエディアルドを単なる裕福な男としか思っていないのだから、当たり前かもしれない。

彼女に正体を明かしてしまいたい。そんな想いが心を過《よ》ぎったが、今はまだ早い。『エディック』がしている仕事についても、できればまだ明かしたくない。実は、奴隷市にいた奴隷達が全員、国に帰されるのだと知ったら、ルーナはどう思うだろう。自分も帰りたいと思うだろうし、帰してくれなかったエディアルドを恨むかもしれない。

だから、もう少し、自分という人間にまず慣れてもらいたい。自分の愛妾として暮らすことが、どれほど安楽なことなのか判ってもらってからなら、仕事のことを明かしてもいい。

自分が王子だということについては、やはり立場上、それほど簡単に明かせることではない。いくら好きな女にでも……いや、好きな女だからこそ、感情に負けて明かしてはいけないのだ。

結局のところ、エディアルドもルーナのことはまだよく判らない。感情的に、性的に惹きつけられても、人間性はどうなのだろう。生まれや育ち、そして、彼女の考えをもっと知りたかった。

「僕にはいろいろ、つてがあるんだ。すべて任せてくれればいい。まず君の名前は……」

ルーナはそれを遮《さえぎ》った。

「それなら、将軍の息子の行方を捜していただけませんか？　スティルという人なんですけど」

「将軍の息子……？　まさか、そいつが君の婚約者だったなんて言うんじゃないだろうね？」

「まさか！　でも、知ってる人なんです。無事で生きていてほしいと思っています」

ルーナは遠い目をして、そのスティルという男のことを考えているようだった。猛烈な嫉妬心がエディアルドの胸の中に湧き起こってくる。

ルーナは僕のものだ！

彼女の純潔を奪ったのも僕だ！

しかし、それでいて、ルーナが完全に自分のものになったとは言い切れなかった。彼女は捉えどころがないところがある。今もこうして遠い故郷のことを考えている。そして、どこの誰かということも決して明かさない。

貴族の姫だということも、本人は肯定していないのだ。否定しても無駄だが、ルーナはそれを認めるつもりもないようだった。

これでも、彼女は自分のものだと言い張れるのだろうか。

エディアルドは今まで女に不自由したことがなかった。こうして庶民に交じっていても、いくらでも女が寄ってくる。もっとも、相手をする女は限られていた。節操なく、誰とでも寝るわけではないのだ。愛妾にするほどの付き合いではなかったが、女からはある程度の愛情をいつもかけられていたと思う。

それに比べると、ルーナはある意味、冷淡だった。身体を開いてくれたのだから、もっと心を開いてくれてもよさそうなのに、彼女にはそういうところが見られない。

エディアルドはそれがたまらなくなり、思わず彼女が座る長椅子に移動した。隣に腰かけると、ルーナの身体がそれを意識したように、小さく震えた。

少なくとも、彼女の身体は僕のものだ。

それは確信できる。赤く染まった頬を見て、エディアルドはそう思った。

「君にはきっと婚約者がいたと思う。その男ではないにしても、身分が高いなら、生まれたときから決められていたとしても不思議じゃない」

「婚約者なんていません」

彼女はきっぱりと言い切った。だから、それはきっと真実なのだろう。

「それじゃ、スティルという男との関係は?」

「だから、知り合いです。言っておきますが、恋人でもありません。もし、そんなふうにお考えなら、間違っています」

そこまで言うのなら、本当のことに違いない。エディアルドは一応、納得した。

「それじゃ、君の名前を教えてくれないか？　ご両親の行方も知りたいだろう？」

「いえ……。いいんです、それは。もう判っていますから」

ルーナは硬い声で答えた。

つまり、彼女が奴隷狩りに捕まる前に、両親は殺されていたのだろうか。彼女は変装して館から逃げ出した後に、奴隷商人に捕まったのかもしれない。だから、あんな汚い格好をしていたに違いなかった。そのままでは、絶対に目立っていただろうから、そのほうがよかったと思うが。

ルーナはつらい目に遭ったのだろう。国が襲われて、貴族もまた襲撃された。両親は殺され、逃げていたところを奴隷商人に捕まり、奴隷市に引っ張り出され、鞭《むち》で打たれた。

彼女を守ってやりたいという気持ちが、エディアルドの中で高まっていく。ルーナが頑なであればあるほど、彼女のことが知りたくなってくる。

いや、彼女にはまだ時間が必要なのだ。ここでずっと暮らしていけば、きっと彼女も自分に打ち解けてくれるだろう。

エディアルドは彼女の手を取った。途端に、彼女の身体がビクンと震える。なんて敏感なのだろう。そんなところが、可愛くて仕方がない。

「それなら、これからのことを話そう」

「これからのこと……ですか？」

「ああ。君はもう僕のものだ。この屋敷の女主人として振る舞うんだ。綺麗なドレスを着て、おいしいものを食べ、好きなことはなんでもやっていい。僕は仕事で離れるとき以外は、だいたいここにいる。時間があるときなら、旅行にも連れていこう。ただ……」

「ただ……？」

ルーナはエディアルドの寛大な申し出にも、大して感慨《かんがい》も受けていない様子で聞き返した。

「ただ、結婚はできない。それ以外のことなら、なんでもするよ」

「わたしだって、あなたと結婚する気はありません」

即座に、そんな答えが返ってきた。それを聞いて、ほっとするのが当然なのに、エディアルドは何故だか胸の奥が痛んだ。

「でも……僕の愛妾として、この屋敷にいてくれるんだよね？」

「他に選択肢がありますか？　あなたはわたしを買ったのですから、お好きなようになさればいい」

昨夜、二人で過ごした時間を思えば、ルーナの言葉はとても冷たかった。しかし、これが自分の望んだことだ。結局のところ、彼女を愛妾にするために、ここに連れてきた。そのために、必要でもないのに金を払って、彼女を買ったのだ。

エディアルドは自分が恥ずべきことをしているような気がした。しかし、そうではない。

結果的に、ルーナのためになる。両親が殺された故郷に彼女を帰して、なんになるだろう。自分の愛妾として、安楽な暮らしをさせてやったほうが、よほど彼女のためになる。

しかし、やはりルーナが身分の高い女性なのは確かだ。そうでなくては、これほどの厚遇に心が動かされないはずはないからだ。誇り高いからこそ、愛妾という立場は気に食わないのかもしれない。

とはいえ、エディアルドは誰がなんと言おうと、ルーナがどんな反応をしようと、彼女を手放すつもりはなかった。愛妾として、この屋敷に置いておく。そして、好きなときに彼女を抱くのだ。

「もちろん、他に選択肢などないさ。でも、君がここにいて、幸せだと思ってくれたら、もっといいと思うんだ」

ルーナの表情が一瞬、和らいだ。心が動かされたかのように見えたが、すぐにまたもとの表情に戻る。

「わたしの幸せなど、どうでもいいんです」

彼女が何故かつらそうに見えて、エディアルドは彼女の手を引き寄せて、自分の口元に持ってきた。指先にキスをすると、目が大きく開かれ、そして濃い睫毛が伏せられる。その表情がとても色っぽく見えて、エディアルドは思わず唇にキスをしたくなった。

いや、彼女を抱く機会はいくらだってある。こんな朝の書斎で、そんなことはしないほうがいい。ルーナを驚かせてしまうに決まっている。

「今日は午後に、仕立て屋がやってくる。借り物のドレス一着しかないのは不便だし、何より僕の愛妾にふさわしい格好をしなければね」

ルーナの睫毛《まつげ》が小刻みに震えた。ドレスを仕立ててやろうとすれば、普通は喜ぶものなのに。彼女はやはり普通の女性とは違う。しかし、そこが魅力に思えて、仕方ないのだ。

それでも、彼女が少しでも喜んでくれれば嬉しい。そんな自分の考えに、エディアルドは内心、苦笑するしかなかった。

「君は本当の名前を教えてくれる気はないのか？」

「わたしはルーナ……ルーナ・ノリン」

躊躇いながら教えてくれた名前だったが、恐らく偽名だろう。彼女は名前さえ教えてくれない。ルーナが本名かどうかも判らないのだ。

「それなら、君はみんなからノリン夫人と呼ばれることになる」

「ノリン夫人……」

ルーナはそれがおかしかったのか、唇を歪めて笑った。結婚もしていないのに、夫人と呼ばれるのは確かにおかしいだろう。エディアルドは自分の勝手で、彼女に荊の道を歩ませているように思い、気が咎めた。

女性なら誰でも、結婚式の夢を見ることだろう。それを踏み躙《にじ》っているのだから、自分はひどい男かもしれない。

いや、これは仕方がないのだ。アルマーストの貴族の姫であっても、国はすでになく、親もいないのだ。この国の王子の愛妾になるなら、まだいい人生と言えるはずだ。

「けっこうです。あなたのお相手をする以外は、わたしは何をすれば……？」

「さっきも言ったとおり、好きなことをすればいい。僕は仕事があるから、いつもこの屋敷にいるとも限らないし」

「どんなお仕事をなさっているんですか？」

エディアルドはあらかじめ用意していた嘘をついた。

「父の手伝いをしているんだよ。商談をまとめるために出かけたりね……。書類も見なきゃならないし、仕事はいろいろあるんだ」

自分でも判りにくい説明だと思ったが、ルーナはそれで納得したようだった。恐らく、ルーナは商売のことなど、何も判らないのだろう。

エディアルドは都合の悪いことを訊かれないうちに、ルーナの手を放して、立ち上がった。

「さあ、朝食を取りにいくといい。食堂に行けば、メリルが世話をしてくれるはずだ」

ルーナは小首をかしげた。その仕草に、エディアルドはドキンとする。

可愛い。可愛すぎる。

「エディック様は？」

「僕はもう食べた。でも……君が誘ってくれるなら、飲み物を付き合うけど？」

ルーナは戸惑うような瞳をしたが、すぐに微笑んだ。この書斎に現れてから、一番の笑顔かもしれない。

「エディック様もお付き合いくださいますか？」

「ああ、もちろん！」

報告書に目を通すという仕事があったが、それは後回しでもいい。今はとにかく、彼女と共にいたかった。

出会ったばかりの女性に、これほど夢中になってしまっている。それは恐らく危惧《きぐ》すべきことだろう。

それは判っている。でも……。

自分はきちんと責務を果たしている。やるべきことは、いつもちゃんとやっているのだ。初めての愛妾といちゃつくくらい、大した問題でもないはずだ。

エディアルドはルーナの手を取り、自分の腕にかける。

まるで恋する若者の姿のようだと、エディアルドはちらりと思った。

ルシェンナは朝食を取った後、クルスに会わせてくれるようにと、メリルに頼んだ。居間で待っていると、クルスがやってくる。

彼は元気そうだった。お腹いっぱい食べさせてもらっているようで、血色もよくなっている。

「ルーナ様……」

クルスの呼びかけに、ルシェンナは驚いた。

「ルーナでいいのよ」

「だって、ルーナ様とお呼びするようにって言われたんだ。ルーナは……いや、ルーナ様はこのお屋敷の女主人になるんだろ？　エディック様と結婚するんだよね？」

まさか結婚はしないと、クルスには言えなかった。愛妾になるという意味も、彼にはまだ理解できないかもしれない。それに、理解できたとしたら、クルスはルシェンナを軽蔑《けいべつ》するだろう。

愛妾なんて、普通の女がなるものではない。娼婦とまでは言わないが、ルシェンナにとっては、似たようなものに思える。だが、結婚もしていないのに、抵抗もせずにエディックを受け入れてしまった。その結果、純潔を失ったのだから、ルシェンナは何もかも自分の責任だと思っている。

　誰のせいでもない。奪ったエディックが悪いとは言えないし、ルシェンナが自分で選んだことなのだ。娼婦のことをどうこう言えるわけではなかった。

「わたしは……エディック様に仕えることになるのよ」

　クルスは首をかしげたが、そのことについて追及してこなかった。

「ルーナは……じゃなくて、ルーナ様はすごく綺麗だから。顔を汚していても、綺麗だって、ボクは知ってたから。エディック様はきっとルーナ様のことが大好きなんだよね？」

　愛妾にするくらいなのだから、そういうことになるのかもしれない。それが肉体的なものに過ぎないとしても、彼の目つきは怖いくらいにルシェンナを求めているように思えた。

「クルスはこのお屋敷にずっといたいの？　アルマーストに帰りたいとは思わない？」

「……帰っても、誰もいないから。母さんは死んじゃったし」

　クルスが母以外のことを口にしなかったのは、そういう理由からだったのか。ルシェンナは幼い子の行く末を思った。

「でも、このお屋敷でいっぱい働いたら、お金をくれるって。寝るところもあるし、食べ物もくれるし……だったら、ボクはここで働きたい！」

　アルマーストに帰るより、確かにクルスにはいいのかもしれない。それに、エディックは雇い主として優しい人間のような気がした。少なくとも、鞭で打ったりしないだろうし、滅多なことでは追いだしたりもしないだろう。

たとえ、わたしがここから逃げ出したとしても。

ルシェンナはクルスに微笑みかけた。

「判ったわ。じゃあ、頑張ってね。もし何か困ったことがあったら、メリルさんに言うのよ」

自分がずっとここにいるならいいのだが、やはりそういうわけにもいかない。アルマーストの王女として、なすべきことがあるのだ。

クルスが居間から出ていった後、ルシェンナは溜息をついた。

ルシェンナはずっとここにいると、みんなが思っているようだった。そういう信頼を裏切りたくないのだが、他に方法はなかった。機会があれば、すぐにでも出ていくだろう。

もちろん、きちんとした計画を練るべきだった。国境までの道のりを歩いたら、一体、どのくらいかかるだろう。ルシェンナがいなくなれば、エディックなら、馬で待ち伏せしかねない。

エディックに、スティルの消息を突き止めてくれるよう頼んだが、それが判るまで、ここにいてもいいが、どれだけの日数がかかるだろうか。それに、行方が掴めるかどうかは判らない。スティルは生きていたとしても、絶対、身を隠しているはずだからだ。

それならば、やはり機会があれば、すぐにでも出ていったほうがいい。

その機会とは……。

「何を考え込んでいるんですか？」

不意に声をかけられて、ルシェンナはビクッとして、顔を上げた。扉のところには、ジェスが立っていて、ルシェンナをじっと観察していたようだった。

「な、何も……」

「そうですか？　なんだか、よくない計画でも練っていそうな顔をしていましたが」

それが何故、判ったのだろう。しかし、ルシェンナはその動揺を、澄ました顔の下に押し隠した。エディックの従者に、余計な情報を与えてしまってはよくない。

ジェスはしなやかな足取りでこちらへ近づいてきた。

なんだろう。何か用事があるのだろうか。ジェスの厳しい眼差しには、ルシェンナを不安にさせるものがあった。

「エディック様がこれほど手が早いとは、私も思いませんでしたよ」

低い声で呟くように言われたが、ルシェンナの耳にはちゃんと聞き取れた。昨夜のうちに、エディックに抱かれたことを言っているのだ。

「あなたが何者かも、よく判らないのに。エディック様はあなたが正直に告白してくれるのを待っているようですが、私はそんな悠長なことはしたくないんです。エディック様の身を守るためにもね」

ジェスは帯刀していたが、するりとその長剣を引き抜くと、ルシェンナの顔の前に突きつけた。

これは、はったりだ。彼はわたしを傷つけることはできない。

　ジェスはエディックに逆らうことはできないはずだ。だからこそ、彼がいないときを見計らって、こうして剣を突きつけているのだ。

「わたしはルーナです。ただのルーナ・ノリン」

　ジェスは顔をしかめて、首を横に振った。

「つまり、あなたには脅かしがまったく効かないということですか？　まったく……だから、私はあなたが怖いんだ」

　長剣を鞘《さや》に収めると、ジェスは憤然とした顔で腕組みをした。

「怖い？　わたしのことが？」

「あなたは普通の女性とは違う。変わっている。だから、エディック様も気に入られたようだが、私はすごく心配です。あなたはエディック様を裏切るかもしれない。エディック様を害することになるかもしれないと」

　ルシェンナは驚いて、目を丸くした。

「わたしはエディック様に危害を加えたりしません」

「では、裏切らないと誓えますか？　一生、あの方の愛妾として、尽くすと誓ってくれますか？」

　ルシェンナは絶句した。そんなことを誓えるはずがないからだ。さすがに、そんな嘘をしゃあしゃあとつくことはできない。

「一生……なんて……。わたし、判りません」

ルシェンナは彼から目を逸らした。そうしてはいけないことは判っている。彼の疑いを招くということも。しかし、そうせずにはいられなかった。

「エディック様だって、そうじゃありませんか？　わたしを愛妾にしておくのは、いつまででしょう？　妻になられた方が、愛妾など認めないと言ったら？　わたしは捨てられてしまうかもしれない」

愛妾とはその程度のものだ。ルシェンナはエディックが一生、自分の面倒を見てくれるとは、まったく考えていなかった。

「エディック様は無責任な方ではありません！」

「さあ……。わたしは判りません。だって、そうでしょう？　昨日、初めてお会いしたばかりです。お互いに判らないことだらけでも、エディック様はそれでいいとおっしゃった。だったら、従者のあなたが首を突っ込むことではないでしょう」

やや高飛車な言い方だったが、ジェスが自分の正体を知りたがる限り、ルシェンナは彼を牽制《けんせい》しなくてはならなかった。

「やっぱり、あなたは腹立つ人だな。私はあなたを可能な限り、監視しますよ」

「どうぞ、ご勝手に。何も出てくるとは思いませんが」

今度は、ルシェンナの側のはったりだった。本当は監視されたら困る。とはいえ、ジェス本人はエディックの従者なのだから、彼にいつも付き従うはずだ。つまり、エディックがこの屋敷にいないときは、ジェスもいないということなのだ。ルシェンナが逃げるとしたら、エディックが留守にしているときしかないだろう。

「とにかく、エディック様のためにならないと判断したら、私は容赦《ようしゃ》しませんよ。それだけは……覚えておいてください」

ジェスは踵《きびす》を返して、居間を出ていった。彼は従者というより、エディックを守る騎士のようだった。

ルシェンナは不意にスティルのことを思い出した。彼もわたしを守る騎士のようだったのに、どこかに行ってしまった。

彼は生きているのだろうか。それだけが心配でならない。

どうして自分は奴隷狩りなどに捕まってしまったのだろうか。あんなことがなければ、無事にスティルと再会して、アルマースト再興の道を歩んでいたのかもしれないのに。もしくは、わたしも捕まって、処刑されていたかもしれないけど。

結局のところ、未来が判らないのと同じように、仮定の問題について確かな答えは出ないのだ。今更、時は戻せないのだから。

ルシェンナは、ただスティルが無事であるように祈るしかなかった。


夜になると、ルシェンナは豪華な夜着に着替えさせられた。

豪華で、レースがたっぷりついていたが、生地はとても薄い。身体を隠していないのと同じことだった。ルシェンナはそんな服を着せられ、ベッドにぽつんと座っていた。

自分は愛妾として、エディックが来てくれるのをじっと待っているのだ。そう思うと、ひたすら情けなく、惨めな気持ちがした。昨夜の行為は幸せな余韻《よいん》を伴っていたのに、あれはたった一夜の幻だったのかもしれない。

いずれにしても、愛妾という立場は、あまりいいものではなかった。エディックに惹かれているからこそ、彼の好き勝手に自分のことが決められてしまうのは、やはりつらかった。

お金を出して買われた身だとしても、彼に抱かれていたときは、あれほど幸せだったのに……。

昨夜のことを思い出すだけで、身体が火照《ほて》ってくる。それが身体だけのことにしても、ルシェンナはその事実に対して危惧《きぐ》を抱いた。

彼を好きになってはダメよ。添い遂げられない男を好きになっても、不幸になるだけよ。自分を愛妾という立場に追いやった男のことを、どうして好きになれるだろう。そう思いながらも、ルシェンナは心の奥ではそれが嘘だと判っていた。だから、なるべく距離を置こうとして、冷淡にも振る舞ってみた。

でも……。

ルシェンナはエディックの姿を見ただけで、ときめいていた。彼の優しげな瞳を見ただけで、彼の甘い声を聞いただけで、身体が震えそうになった。心がたちまち傾いていく。

しかし、ルシェンナはそれが許せなかった。

自分はアルマーストに戻らなくてはならない。彼の愛妾でいるのも、時間の問題だった。だから、彼を好きになれば、苦しくなるだけだった。絶対に、肉体以外は、彼を拒絶しなければならない。

だが、それが本当に可能なことだろうか？

ルシェンナは判らなかった。男女の営みも経験したばかりで、本当に判ったとは言えないかもしれない。しかし、それでも、ルシェンナは彼を好きになるまいと思った。好きになりかけている事実も、認めたくなかった。

だいたい、彼のことなど、何も知らない。エディックという名と、裕福な男だということしか判らない。そして、父親の仕事を手伝っているらしいということしか。

彼だって、ルシェンナに何もかも明かしているわけではない。だから、彼のことは好きにならなくていい。ただひと時の間、身体を開くだけだ。心は閉ざしたままだが、彼にはそれでもいいと思ってもらわなくては。

彼はアルマーストの王女の身体を自由にできるのだから。

それとも、愛妾というのは、相手に尽くすべきなのだろうか。きっとそうだろうが、それでも構うものか。いずれにしても、自分には選択肢がなかった。自ら望んでそうなったのではないのだ。

あれこれ考えていたが、ルシェンナは自分の部屋の扉が音もなく開いたことに気づいた。

もちろん、入ってきたのはエディックだった。他にはいない。こうして、我が物顔で、ルシェンナの部屋に入ってくるのは。

彼はガウンを着ていたが、その中には何も身につけていないようだった。金色の髪はまとめておらず、肩に流れていた。

強張ったルシェンナの顔を見て、エディックは眉をひそめた。

「あまり、機嫌がいいとは言えない顔だね、ルーナ」

彼の話す言葉には、相変わらず強制力がある。自分の心がたちまち彼に従順になろうとしているのが判り、ルシェンナは悔しくてならなかった。王女の自分が、どうして彼に屈しなくてはならないのだろう。

「ご不満ですか?」

氷のような声を出してみたはずだが、情けないことにその声は震えていた。

「ルーナ、僕と戦う必要はない。僕は君の敵ではないんだ」

でも、あなたはわたしをただの女に変えてしまう……。

ルシェンナはそれが怖かった。ただの女どころか、彼にすべてを捧げ尽くす愛妾に変えられてしまうような恐怖があった。

彼の言葉に従い、ここで彼の愛妾として一生を終えることになってはいけない。必ずアルマーストに帰らなくてはならないのだから。

ルシェンナは懸命に自分の心と闘っていた。彼に惹かれる心と闘っていたのだ。

　エディックは近づいてきて、ベッドに腰かけ、そっとルーナの頬に触れてきた。

「昨夜はもっとくだけた話し方をしていたじゃないか。そんな他人行儀な話し方をしなくていいんだ。僕は昨夜の君のほうが好きだ」

「昨夜は……初めてでしたから。何もかも初めてで……動揺していましたから」

　エディックの目の中に、何か奇妙な光が浮かんだ。それが何か判らないうちに、エディックは微笑んだ。しかし、その微笑み方はいつもと違っていた。

「君は今夜だって初めてとあまり大差ないよ。まだ何も知らないに等しい」

「でも……」

「そうだ。もはや処女ではない。けれども、君は思い違いをしている。あれがすべてではないんだ。男女の営みはもっと深いものなんだ」

「深いもの……？」

　ルシェンナには意味が判らなかった。彼が何を言わんとしているのか、想像もつかなかった。

「そうだ。……そして、ルーナ。僕は自分の言ったことを無視されるのは、あまり好きじゃない。愛妾は、もっと愛想がいいものなんだ。ご主人様が来れば、もっと喜ぶべきだ」

「で、でも、わたしは……」

「君には躾が足りないかな。僕は君のことが気に入っているし、可愛いと思っているが、愛妾に冷たくされて喜ぶ趣味は持ち合わせていない。……判るね？　僕の言っていることは？」

ルシェンナの胸の鼓動は速くなってきた。やはり、ルシェンナは彼が怖かった。こうして、自分の尊厳が剝ぎ取られて、ただの女になってしまうことが怖かった。

「わたしに……愛想笑いをしろと？」

「笑いたくなければ笑わなくていい。僕はそういうのが好きじゃない。だけど、冷たくする愛妾には、お仕置きしなくてはいけない」

エディックは何をする気なのだろうか。ルシェンナは背中を鞭で打たれたことを思い出したが、まさか彼がそんなことをするとは思えなかった。

エディックはスッと目を細めて笑った。ルシェンナはそれを見て、心臓が鷲掴《わしづか》みにされたような恐怖を感じた。

彼は自分のガウンのサッシュを引き抜いた。そして、ルシェンナの手を掴むと、たちまちサッシュで両手首を拘束してしまった。

わたしにこんな仕打ちを……。

ルシェンナは自分の顔色が変わるのが判った。奴隷市で、自分はこうして手首を拘束されていた。それを知っているのに、彼はわざと同じ目に遭わせたのだ。

「僕は優しいばかりじゃない。もっとも、君がもう少し素直になれば、優しくしてあげられるよ」

ルシェンナは唇を噛んだ。こういうのは好きではない。やはり、この男を好きにならなくてよかった。

「さあ、可愛いルーナ。ご主人様に奉仕してくれ」

「奉仕……?」

エディックはベッドに寝そべった。ガウンの前は開いていて、硬くなりかけている股間が見えた。ルシェンナはドキッとして、視線を逸らした。

昨夜、これがわたしの中に入ってきて……。

思い出すだけで、身体が熱くなってくる。

「僕にキスして」

エディックの声に誘われて、ルシェンナはふらふらと彼に屈《かが》み込んで、唇を合わせていた。もちろん、自分からキスをしたのは初めてだった。

心臓がドキドキしてくる。エディックの罠《わな》にはまっていることに気づきながらも、止められなかった。

唇を重ねただけでは物足りなかった。舌を出して、彼の唇を舐めてみる。彼がそっと唇を開いたことに気づき、その中にするりと舌を差し込んでいた。

ああ、わたしは何をしているの……?

どうして、彼の思うとおりになってしまっているの?

結局のところ、何もかも支配されてしまっている。エディックは別に舌を入れろとまでは言わなかった。ただ、キスをしろと言っただけなのに。

彼の舌は柔らかだった。おずおずと自分の舌を触れ合わせてみる。すると、彼の舌が絡みついてきた。

自分からしていたキスなのに、そこですでに逆転してしまっていた。ルシェンナは彼に囚われていた。彼の罠に完全にはまってしまっている。

彼のキスに翻弄されていく。キスひとつで、彼はルシェンナを思いどおりにできた。身体は火照ってきて、自分の芯が蕩《とろ》けてきたのが判った。

彼がそっと自分の舌を解放する。ルシェンナは顔を赤らめながら、身を引いた。彼の唇は濡れている。それを見たら、もっとキスしたくなってきて、ルシェンナはそんなことを考えた自分を叱りつけた。

ダメよ。彼とは肉体で交わるだけ。必要以上に彼に心を寄せてはダメなのよ。

そう思いつつも、身体と心はきっと切り離せないものなのだろう。少なくとも、自分はそうだ。彼の肉体に惹かれることは、彼自身に惹かれることなのだ。彼との行為を好きになることは、彼を好きになることでもあるのだ。

ああ、わたしは彼から離れられない……！

あまりにも愚かだった。けれども、もう止められない。自分は一歩、踏み出してしまった。そして、エディックのほうはそれに気づいていて、ルシェンナにキスをさせて、判らせたのだ。

「わたし……わたし……っ」

「身体が熱いかい？　でも、まだ愛撫してあげないよ。君が僕に充分、奉仕してからだ」

「……ほ、他に何をすればいいの？」

「キスするんだよ。僕の身体に。君の唇で愛撫するんだ」

わたしが彼の身体にキスをする……？

唐突に、昨夜、自分が身体中にキスをされたことを思い出した。彼は自分にもそうしろと言っている。いや、命令しているのだ。

ルシェンナはそれを拒否する立場にはない。けれども、それが嫌だとも思っていない。

そう。彼にキスしたかった。彼の彫刻のような身体を愛撫したかった。

ルシェンナは観念した。彼に冷たくなどできない。彼はそれを許しはしないし、そんなことをしても意味がない。

恐ろしいことに、この暴君のようなエディックを、ルシェンナは半ば好きになっていた。どうしようもない。優しいのに支配的なこの男に惹かれてしまっている。

身も。心も。すべてが、彼に参ってしまっていた。

ルシェンナは屈み込み、彼の首筋に唇を這わせた。滑らかな肌からは清潔な石鹸《せっけん》の香りがした。たったそれだけで、胸がドキドキしてきて、ルシェンナは彼に身体を擦りつけるような仕草をしてしまった。

「僕の身体をまたいでごらん」

言われたとおりにすると、ますますルシェンナは自分が燃え上がってきたのが判った。

もう夢中で、彼の身体に口づけた。たくましい肩にも、筋肉に覆われた胸にも、そして引き締まった腹にも。自分の中に溢れる衝動のままにキスをした。

彼の股間のものは硬く勃ち上がっていた。ルシェンナは恐る恐るそれに触れてみた。両手が手首でまとめられているために、ぎこちない触り方しかできなかった。

ルシェンナは先端にキスをしてみた。初めての経験だった。そうだ。自分はまだこの行為のすべてを知っているわけではないのだ。何も知らないに等しい。これからどうすればいいのか判らないが、舌でそれを舐めてみた。

そうだ。自分がされたように、彼を乱れさせてみたい。

懸命に舌で愛撫する。彼が気持ちよくなれるように。よすぎて、理性を失うくらいに。

やがて、ルシェンナは口を開いて、それを自分の中へと収めていった。自分がとてもいやらしいことをしているような気がして、興奮していた。

唇と舌で奉仕しているうちに、ルシェンナは自分の身体がとても熱くなっていることに気がついた。

わたしも彼に愛撫されたい。身体に触れてもらいたい。キスもしてもらいたい。理性を失くすくらいに、気持ちのいいことをたくさんされてみたい。

そして……。

彼に抱かれたい。奥のほうまで何度も貫かれたい。

ルシェンナは唇を離すと、エディックを見つめた。自分の眼差しが、いつもと違うことを意識していた。男を誘う眼差《まなざ》しだった。同時に、懇願《こんがん》の眼差しでもあった。

「お願い……っ」

エディックはルシェンナの気持ちを見抜いたように、余裕のある笑みを浮かべた。

「何をしてほしいんだ？　言ってみなさい」

彼はどこまでも支配的だった。こんなに優しい声を出しているのに、不思議だった。彼の意図は判っている。それに自分が乗せられてしまっていることも。けれども、ルシェンナは我慢ができずに言わずにはいられなかった。

「抱いて……！　わたしを抱いて！」

叫ぶように言うと、エディックはもう微笑まなかった。すぐに起き上がり、ルシェンナをシーツに押しつけた。しかし、仰向けにではなかった。四つん這いにされ、夜着の裾をまくり上げられて、腰を押さえつけられる。

彼の指がルシェンナの秘所を探った。

「あっ……」

「何もされていないのに、君のここはすっかり潤《うる》んでいるよ。ほら、自分でも判るだろう？」

彼の指がなんの抵抗もなく、身体の内部へと侵入していく。それはすっかり濡れているからだ。つまり、ルシェンナが彼を求めているからだ。

「ああ……お願い……っ」

「そんなに僕が欲しいのか？」

「抱いて……。もう……意地悪しないでっ……」

ルシェンナは泣きそうだった。もう、これ以上、焦《じ》らされたくなかった。愛撫も全部飛ばして、とにかく今は彼が欲しくてたまらなかった。

指が引き抜かれ、代わりにそこにあてがわれたのは、硬くてたくましいものだった。それが徐々に自分の中に入ってくる。

身体が侵されている。けれども、実際に侵されているのは、身体だけではなかった。エディックは、ルシェンナのすべてを手に入れたのだ。

奥まで挿入されて、ルシェンナは満足したような吐息を洩らしてしまった。

こんなふうに後ろから抱かれることも知らなかった。角度が違うせいか、昨夜とはまた違う感じがする。

彼が動き始める。身体が揺れる。拘束された両手が目に入る。後ろから犯されて、本来なら屈辱を感じるポーズだった。顔も見えずに、腰を押さえつけられているのだから。

しかし、ルシエンナは確かな喜びを感じていた。誰かに従属することに、これほど喜びを覚えるとは思わなかった。自分がおかしいのではないかと思うくらいだった。

でも……もういいの。

ルシェンナは諦めていた。逃れられない運命はあるのだ。自分はこの国に来て、彼にこうされる運命だった。そして、彼を好きになる運命だった。

彼はわたしを愛妾にしかしないと言っているのに。彼にとっては、わたしはそれくらいの価値しかないのに。

報われない気持ちは、一体どうなるのだろう。

ルシェンナの身体は徐々に高まってきた。すぐにもう耐えられないくらいに、熱くなってくる。

不意に全身を強張らせると、ルシェンナは快感に貫かれた。ほどなく、エディックもルシェンナの腰に自分の腰をぐっと押しつけて、絶頂を迎える。

身体がまだじんじんと痺れている。ルシェンナは眩暈《めまい》がしそうだった。

身体はこれ以上ないくらいに満足している。しかし、心はどうなのだろう。

彼に惹かれる気持ちは、もうどうしようもない。もう冷たく振る舞うことはできないだろう。そうしたくても、エディックが許してくれない。

彼はいつかわたしの心を壊してしまうかもしれない。

ルシェンナは自分の拘束された両手を見ながら、ただ呆然としていた。

第四章　王女として？　それとも愛妾として？

それから、瞬《またた》く間にひと月が過ぎていった。

ルシェンナは姿形から、エディックの屋敷の女主人となっていた。エディックの愛妾にふさわしい格好とも言うべきだろうか。美しいドレスを身にまとい、宝石も贈られた。毎日、屋敷の管理をする以外には、特に何もすることはなく、ルシェンナの一番重要な仕事といえば、それはエディックの相手だった。

夜になると、エディックはルシェンナの部屋を訪れる。それは毎夜のことで、ルシェンナは彼に触れられると、たちまち蕩《とろ》けていって……。

朝になれば、エディックは傍にはおらず、いつも惨《みじ》めな気持ちになるだけだった。

わたしはただの愛妾なのだと。

こんな関係が一生続くと思っているのなら、ジェスもどうかしている。きっと続きはしないのだ。こんなものは、エディックにとってはきっと遊びのようなものなのだから。

ただ、ルシェンナは逃げ出す機会を待っていた。めくるめく快感を伴う牢獄に押し込められている間、それだけが心の救いだった。

アルマーストに戻れば、エディックの庇護《ひご》もなく、スティルの行方も知れず、どんな危険な目に遭《あ》うかもしれないのに……。

それでも、やはり戻らなくてはならない。できれば、早いほうがいい。これ以上、エディックに心を奪われてしまう前に。ここにずっといたくなってしまう前に。

もっとも、ほとんど手遅れかもしれないが。ルシェンナは必死でぎりぎりのところで踏みとどまっているつもりでいたものの、エディックがすでに自分の中心にいるような気がしてならない。

そうこうするうちに、エディックが家を空ける日がやってきた。もちろん、ジェスも一緒についていくに違いない。

彼は商談で三日ほど留守にするという。ルシェンナはすっかり従順な愛妾のふりをしていたので、今更、逃げ出すように思えなかったのだろう。しかし、自由の身になる日がやって来たのだと、ルシェンナのほうは考えていた。

ルシェンナはすでに計略を練っていた。後は、そのとおりに行動するだけだ。ルシェンナの心を引き止めるものはあったが、必死で考えないようにするしかなかった。

結局のところ、エディックには惹《ひ》かれている。キスされることも、抱かれることも好きだ。彼には特別に自分を惹きつけるものがあると思う。

しかし、アルマーストの王女としての責任より、その気持ちが重いとは言えなかった。

何故なら、それは亡き両親との誓いなのだから。

一ヵ月の間、アルマーストの噂を何度か耳にした。いずれも、聞くに耐えないことばかりだった。貴族は捕まえられた者のうち、反抗した者は処刑され、それ以外は追放の憂《う》き目に遭った。もちろん、その領地はマーベラの新たな領主のものとなるのだろう。

防衛の弱い国は餌食《えじき》となる。平和を享受《きょうじゅ》して、安穏としていたアルマーストは、軍事に長けたマーベラの侵攻に遭い、あえなく滅亡した。それを踏まえて、レネシスでは防衛論議があちこちで活発に戦わされることになったという。

もっとも、レネシスは元々、国境の警備には力を入れている。だからこそ、ルシェンナはどうやって国境を越えるのかを考える羽目になった。

やはり、船だ。それが一番だった。奴隷船から降りたとき、二度と船なんか乗るものかと思ったものだが、故郷に帰るためには致し方ない。

エディックとジェスが旅立った日の午後、ルシェンナは馬車の用意をしてもらい、街の仕立て屋に向かった。箱型の馬車ではなく、日よけもついていない小型の馬車だった。だが、そのほうが都合がいい。お供を連れずに、仕立て屋の付近に停めてもらい、御者を待たせて、店の中に入った。

「いらっしゃいませ」

顔見知りとなった仕立て屋の女主人が出迎えてくれる。

「奥様、今日はどのようなものがお入用なのですか?」

結婚もしていないのに、やはり奥様と呼ばれる。その違和感に、ルシェンナはまだ慣れることができなかった。そのことに関しては、未だにルシェンナは誇りを傷つけられていた。

「なんですって?」

だが、今はもういい。自分はエディックの屋敷から出ていくのだから。

「わたし、変な男に追われているの。さっきから、この通りをついてくる男がいて……」

女主人が店の外に出ようとするのを、ルシェンナは押し留める。

「あの男はきっとお店の傍に隠れているに違いないわ。ねえ、あなたのところのお針子に頼みがあるのよ。小柄な娘がいたでしょう? あの娘とわたしのドレスを取り替えてもらえないかしら?」

「でも、あの娘が着ているものは、とても粗末なものですから、奥様にはとても……」

「そのほうがいいのよ。だって、あの男は気づかないと思うから」

女主人は困っているようだった。

「あの……。よろしかったら、奥様を馬車までお送りしますけど……」

もちろん、そんなことをされては、ルシェンナの計画が上手くいかない。女主人にはきっと不審がられるだろうが、とにかくこの作戦を強行するしかなかった。

「お願い! わたしの頼みを聞いて!」

ルシェンナは必死で頼んだ。こんな綺麗なドレスのままで逃げたら、絶対に危険だ。なるべく粗末《そまつ》な格好のほうがいいに決まっている。かといって、服を交換する場所はどこでもいいわけではない。知らない家に行って、服を取り替えてくれとは頼めなかった。

自分の必死さが伝わったのか、女主人のほうが折れてきた。

「判りました。あの娘はこの店の二階に住み込んでいますから、代わりの服を取って来させましょう。奥様のドレスをあの娘に着せるわけにはいきませんもの」

そんなことはどうでもよかったが、女主人がそう言い張るなら、それでもいい。店の椅子に腰かけ、待っていると、程なくお針子が自分の服を持ってきた。

ルシェンナはそれに着替えた。黒いストールも貸してもらい、そのときになって、ルシェンナは自分がこの国ではめずらしい黒髪を持っていることを思い出した。自分の髪のことまで考えていなかったが、確かにこの黒髪ではどこに行っても目立つに違いない。

しっかりショールで頭を包むと、ルシェンナは女主人とお針子に礼を言った。

「奥様のドレスはお届けに上がりましょうか」

「……いいえ。預かっておいてください。この服もお返ししなければなりませんから」

ルシェンナの計画どおりに行けば、二度とこの国に戻ってくることはないだろう。だから、自分の言葉は完全な嘘なので、気が咎めた。お針子の手を取り、服の代わりにと思って、その手の中に硬貨を滑り込ませる。

「本当に……ありがとう。感謝します」

女主人にも礼を言うと、顔を隠すようにして店を出た。もちろん馬車とは反対の方向へと足早に歩いていく。御者が見ていたとしても、今のルシェンナは別人に見えていることだろう。

ルシェンナは通りで流しの馬車を拾った。御者は貧しい格好を見て、金はあるのかという顔をする。だが、ルシェンナは構わず乗り込んだ。

「ミスンまでお願い」

ミスンは他国からの船が寄る港のようなところだ。積荷の上げ下ろしが行なわれ、人も運賃さえ払えば、その船に乗れるという。馬車で行けば、この街からさほど遠くないところにあり、ルシェンナの計画にとっては好都合だった。

お金はエディックからお小遣いとしてもらったものだ。それを使って逃亡するのは、良心が咎《とが》めたが、仕方がない。それに、自分の身体を使って稼いだお金だと思うと、なんとなく気が治まる。

エディックと結婚なんて考えてもいなかったものの、愛妾という立場は、やはり屈辱《くつじょく》的だった。もちろん、ルシェンナには選択肢がなかったとはいえ、一国の王女としては、とても耐えられるものではなかったのだ。

まるで、自分が娼婦であるかのように感じてしまって……。

エディックは平気な顔で、他の女性と結婚すると言うのだ。ルシェンナを抱きながら、そんなことを口にする彼が、憎くもあった。惹かれるからこそ、憎しみがある。その気持ちはどうしようもなかった。

だから……これでいいのだ。アルマーストに帰れば、こんな思いをせずに済む。

今までの生活を続けていて、彼がもし本当に結婚してしまったら……。

ぞっとする。毎夜、ベッドを訪れる彼が、他の女性も抱いているのだと思ったら……。

想像しただけで苦しい。やはり、わたしは愛妾などにはなれない。いっそ、嫌いでいたなら、楽だったろう。

惹かれているから、こんな仕打ちをしようとする男が憎かった。

アルマーストに帰ることができれば、ルシェンナはもうそれだけでよかった。いや、もちろん果たすべきことはあるが、国が分割されようとしているときに、再興などできるとは思えない。

国に帰り、スティルを捜す。それは容易なことではないだろう。ひどい目に遭うかもしれないし、捕らえられる可能性もある。悪くすれば、処刑されることだろう。それでも、エディックの愛妾でいる苦しみより、ずっとましかもしれない。

やがて、馬車はミスンに着いた。お金を払うと、ルシェンナは船がたくさん泊まっているところへと向かう。活気のある街かもしれないが、男性が多く、なんとなく怖い。積荷の上げ下ろしをしている場所で、ストールをしっかりと髪に巻きながら、仕事をしている男に船のことを尋ねた。

「アルマーストのほうへ行く船かい？　今日はもう出ないぜ」

男はじろじろとルシェンナを無遠慮に眺めながら答えた。

もう夕方に近い時刻だ。確かに、いつでも出発するとは限らない。ルシェンナはそこのところまで計算していなかった。

「じゃ、じゃあ、明日は？」

「朝早くだ。待つつもりなら、ドンナの店に行くがいいよ。二階が宿屋になっているから、そこに泊めてもらえば、寝過ごしたりしなきゃ船に乗れるはずだ」

怪しげな男の言うことを信用していいのかどうか迷ったが、ルシェンナはドンナの店の場所を教えてもらって、そちらに向かった。


そこは、酒場の二階にある小さな宿屋で、ルシェンナが用件を告げると、二階の一室に案内してもらえた。狭くて、綺麗とは言えない部屋だったが、個室である以上、文句は言えない。ドンナの女将《おかみ》は親切な人のようで、ルシェンナのことを心配してくれた。

「若い女が一人で船に乗るもんじゃないよ。どんな恐ろしいことがあるか知れないんだから」

恐ろしいことは経験してきたつもりだったが、確かに船に一人で乗り込むのは怖かった。船では逃げ場がない。奴隷船でなければ、なんでもいいと考えていたルシェンナだったが、今になって怖くなってきた。

この街の雰囲気が悪いせいだろうか。活気はあるが、騒々しいとも言える。一階の酒場から男達の怒鳴り声や笑い声が聞こえてきて、ルシェンナの不安を一層煽った。

船のルートは無謀だっただろうか。しかし、陸には陸の危険がつきまとう。それに、国境の警備は厳しい。船のほうが警備はゆるいようだった。

「食事は部屋に運ぶから、あんたは下りてきちゃダメだよ。明日の朝、起こしてやるけど、あたしは船に乗るのはお勧めしないねえ。ま、一晩、ゆっくり考えてごらん」

この街で酒場と宿屋を営んでいるからこそ、彼女はいろんな話を聞いているのだろう。怖くてならなかったが、ルシェンナには他に方法がなかった。布を借りて、また胸に巻いておいたほうがいいだろうか。いっそ、男の子の服を借りて、少年のふりをしたほうがいいかもしれない。

そんなことを考えながら、ルシェンナは食事をして、早々にベッドに入った。

真夜中だというのに、酒盛りは続いている。いつものベッドとは違って、今日のベッドは硬くて、寝具が薄い。とても眠れそうになかった。

きっと今頃、あの屋敷では大騒ぎになっていることだろう。御者はいつまで待っても戻ってこないルシェンナを心配して、仕立て屋に向かっただろうし、そこで別の服に着替えたことを知るだろう。

自分の行方を捜しているだろうか。そう思うと、良心が疼《うず》いた。書き置きみたいなものを残しておくべきだっただろうか。しかし、そんなものを残したところで、ルシェンナを放っておくことはないだろう。

何しろ、屋敷の主人であるエディックの愛妾なのだ。出ていったというだけでは済まないだろうし、エディックにも連絡が行っているかもしれない。

もしかしたら、わたしがここにいることが判ってしまうかしら。

いや、ミスンから船に乗るという計画を察知できるとは限らない。あの辻馬車の御者でも捕まえないことには、場所を割り出せないと思うのだ。普通にアルマーストに向かうとするなら、やはり国境を目指すだろう。ミスンは国境とは方向が違う。

いずれにしても、船に乗ってしまえば、彼らは追いつけない。屋敷の人達に世話になったのだし、特にクルスには何も言わずに出てきたのは、やはりよくないと思う。

エディックには……。

いや、もうエディックのことは考えたくない。彼の傍にいたくても、やはり自分には愛妾など無理なのだ。実ることのない想いを抱きながら、エディックに踏みつけにされることは、耐えられなかった。

アルマーストに行けば、エディックのことも耳に入らないはずだ。彼が誰と結婚しようが、自分には関係なくなる。アルマーストで自分がどんな運命を辿るか判らないが、それでも彼の愛妾として惨めに一生を終えることだけはなくなる。

ルシェンナはなんのためにアルマーストに戻るのか、もうすでに判らなくなっていた。状況は城に火が放たれたあのときとは違っている。アルマーストのために、自分ができることがあるのかどうかも、今は判らない。

そう。自分はすでに不要な存在なのかもしれない。戻ったとしても、やはり連れていかれるのは処刑台なのかもしれなかった。

眠れぬまま、夜明けが近い時刻となっていた。ルシェンナはベッドから起きだして、身支度を整えた。ノックの音がして、女将《おかみ》が起こしにきたのだと思った。ルシェンナは急いでストールを頭に巻きつけて、扉の鍵を開けた。

扉がすっと開く。ルシェンナはそこに立っていた人物に気がついて、小さな悲鳴を上げて、あとずさった。

そこには、強張った怖い顔をしたエディックがいた。そして、その後ろにはジェスの姿も見える。

「どうして、ここに……？」

ルシェンナは震える声で尋ねた。実際、身体も震えている。

彼は用事で出かけていたはずだ。こんなに早く追いついてこられたはずがない。そもそも、どうしてこの場所が判ったのだろう。普通なら、国境に向かうはずなのに。

ああ、わたしは彼から逃げられないの？　愛妾としての惨めな一生を過ごさなきゃならないの？

「愛妾が逃げたとなれば、追いかけるのは当然のことじゃないか？　しかも、こんな危険を冒そうしているんだから」

エディックは刺すような視線でルシェンナを見ると、部屋の中に入ってきて、ストールを剝ぎ取る。黒い髪が現れて、ルシェンナは急に無防備になったような気がした。

彼は後ろに控えているジェスにちらりと目を向けた。

「おまえは下で何か食べるといい」

ジェスは肩をすくめた。

「判りました。でも、あまり怖がらせないほうがいいですよ。また逃げ出すかもしれませんから」

「余計なお世話だ」

エディックは扉を閉めると、ルシェンナに向き直った。

こんな表情の彼は初めて見た。怒っているのは判るが、これほどまでにそんな感情を露にした彼を、今まで見たことがなかったのだ。

「……そんなに故郷に帰りたかったのか？　あの屋敷で暮らすことは、そんなに嫌だったのか？」

怒りに燃えた瞳で見つめられて、ルシェンナは視線を逸らした。

嫌ではないから、逃げたのだ。しかし、彼にそれを告げられなかった。愛妾としてしか価値のない自分が、どうしてそんなことが言えるだろうか。彼が結婚してしまうその日が怖いのだと。

彼が他の女性を妻にして、ベッドで抱き、家庭を作ることが死ぬほど嫌なのだと。

ルシェンナは何も言えなかった。だから、代わりに涙を流した。

「君の帰りを待っていた御者は、仕立て屋に事の次第を確かめた後、すぐに僕のところへ知らせに来たんだ。いい判断だったよ。そうでなければ、間に合わなかっただろうからね」

「……どうして、わたしがここにいると判ったんです?」

「この街か国境かの二択だろう? 国境を越えることはかなり難しいから、そちらに向かっているなら、しばらく猶予《ゆうよ》はある。だが、船に乗ってしまえば、もう追いかけられない。あの街から一番近い船の発着場はここしかないだろう? ここへ来て、いろいろ調べたら、すぐに判ったよ。ストールを頭からかぶっている若い女が、一人でドンナの店に泊まったってね」

あっけないほど、ルシェンナの計画は見抜かれていた。御者がエディックの居場所を知っていて、すぐに知らせるなんて、それは計算外だったのだ。彼かジェスでなければ、これほど早く見つけることはできなかっただろう。

エディックはルシェンナの両腕を摑むと、詰め寄った。

「君は……判っているのか? 若い女が一人で船に乗るって、もう噂になっていた。しかも、とびっきりの美人だって。どれだけの男が知っていたって思うんだ?」

そんなことが噂になっていたとは、まったく思わなかった。自分がどれほど危険な目に遭《あ》う寸前だったのか、今になってやっと判ったのだ。

わたしは、もうアルマーストに戻れない……。

どんなに努力しても、世間知らずの女一人ではとても帰り着けないのだ。辿り着く前に、ひどい目に遭い、悪くすれば死ぬような羽目に陥るかもしれない。そんな危険を冒してまで、帰る必要のあることだろうか。

「わたし……わたし……っ」

涙が止まらなくなっていた。エディックはルシェンナをぎゅっと強く抱き締める。ルシエンナは彼の胸にすがるしかなかった。

「ルーナ……。もう、やめてくれ。僕から離れようとしないでくれ」

そのとき、ルシェンナは彼が自分を追ってきたのは、愛妾を取り戻すためではないことに気がついた。

彼は本気で心配してくれているのだ。ルシェンナが危険な目に遭うかもしれないと。

こうして彼の胸に顔を伏せていると、胸の鼓動が伝わってくる。

これは……愛情なの？

わたしのこと、身体だけではなく、愛してくれているのかしら。

ルシェンナはそう思いたかった。自分がまさしくそうだからだ。どんなにそうではないと思ったところで、自分の心をごまかすことはできない。ルシェンナはエディックのことが好きだった。

だから、彼の愛妾でしかない自分の立場がつらかったのだ。

愛妾なのは仕方がない。結婚してもらえないのも仕方がない。けれども、もし彼がわた

しのことを少しでも本気で好きでいてくれるなら……。

もういい。彼の愛妾として一生を終えてもいい。

ルシェンナは自分の誇りを捨ててもいいと思った。いや、もう、そうするしかなかった。

アルマーストに帰ることはできないのだから。

それならば、この温もりを手放さずにいよう。彼の許で、彼の庇護《ひご》を受け、あの屋敷で彼の帰りを待とう。

愛情というものは厄介《やっかい》だった。自分の生まれや誇りまで、捨てることになるなんて。

すべては彼のために。

ルシェンナは彼にしがみついたまま、そっと呟いた。

「もう……逃げないわ」

「本当に？」

「あなたの傍にいるから……」

だから、あなたもわたしを見捨てないで。結婚しても、家庭を持っても、わたしを好きでいて。

彼が妻を迎える日が来るかと思うと、身を切られるようにつらい。

自分にとって、アルマーストよりエディックのほうが大事な存在となってしまっている。

それが悲しくて仕方がなかった。

何故なら、これは絶望的な恋だから。

結末は……。

とても幸せに彩られているとは言えない。それでも、ルシェンナはそれを必死で取り繕って、幸せだと言わねばならなかった。

第五章　彼の告白

エディアルドは父王に呼び出されて、王宮に出向いていた。しかし、ルーナの御者が緊急の用事ということでやってきて、彼女が逃げたことを知らせてくれた。だから、大急ぎでジェスと王宮を後にしたのだ。

馬で駆けつけたから、ようやく間に合った。本当に間に合ってよかったと思う。船に乗っていたら、彼女がどんな目に遭っていたかと思うと、ぞっとする。船は若い女が一人で乗るものではないのだ。ルーナは知らなかったのだろうが、特にミスンという街は危険な場所だった。

御者は王宮で馬を替えてから、エディアルドを追いかけて、この街へやってくることになっている。馬車だから、しばらく時間がかかるだろう。エディアルドはルーナを部屋に置いたまま、一階へと下りた。

ジェスが朝食を食べ終えて、のんびりと温かい飲み物を飲んでいる。エディアルドは女将に、朝食を二人分、ルーナの部屋に持ってきてくれるよう頼んだ。

「あんた、あの娘の旦那《だんな》かい？」

彼女は不躾《ぶしつけ》に尋ねてきた。

「ああ、似たようなものだ。面倒を見ている」

「それならよかった。あの娘が一人で船に乗るって言い張るから、心配してたんだよ。面倒を見てくれる旦那がいるなら安心だ」

彼女はルーナを気に入ってくれていたらしい。悪意のある人間ならともかくとして、ルーナのような世間知らずの娘は、親切にしたくなるものなのかもしれない。

女将が厨房《ちゅうぼう》のほうへと引っ込むと、ジェスはにやりと笑った。

「それで？　彼女は戻ってくれるのですか？」

「ああ。もう離れないと約束した」

ジェスは肩をすくめて、カップを傾けた。

「約束ねえ……。当てになりますか？　一度、こうしてあなたを裏切った女が？」

「おいそれと逃げられない場所に連れていくから、大丈夫だ」

それを聞いたジェスの顔色が変わった。

「まさか……！　王宮に……？」

「ああ。連れていく。ルーナが僕の大事な愛妾だと、みんなに知らせてやるんだ」

エディアルドが父王に呼び出されたのは、結婚の話のためだった。以前から、父の決めた相手と結婚しなければならないことは判っていた。相手は予想どおり、王族に血筋が近い公爵の娘だった。子供の頃から知っているが、エディアルドはまるっきり彼女のことが好きではなかった。

もっとも、王族の結婚に、そういった感情を差し挟めないことも判っていた。好きだろうが、嫌いだろうが、決められた相手と結婚するのが、王子と生まれた者の定めなのだと。

だが、王に結婚せよと告げられたとき、エディアルドの中で何かが起こった。絶対に嫌だという拒絶の心が芽生えたのだ。そして、同時にルーナへの思慕の情が湧き起こってきて、それを無視するわけにはいかなかった。

ルーナを愛してる。

それは紛《まぎ》れもない事実だった。

彼女を愛妾として傍に置き、結婚は決められた相手と仕方なくするつもりでいたが、自分の気持ちはそんなことでは治まりがつかないところまで来ていた。

ルーナと結婚したい。ルーナと家庭を作りたい。彼女と二人なら、どんなことでも乗り越えていけるような気がした。

しかし、実際には彼女と結婚などできるはずもない。そもそも素性も判らない。どこの誰の娘ということも、エディアルドは知らないのだ。ただ、生まれも育ちも間違いなくいいはずだ。アルマーストの貴族の姫に違いないと思っている。

とはいえ、亡国の貴族の娘を、この国の王子が娶《めと》るわけにはいかない。たとえ、第三王子であろうと、そんなことは許されない。それに、何より王は反対するだろう。

彼女と結婚できないのならば、いっそ誰とも結婚したくない。ルーナだけを愛し、ルーナと共に暮らしたい。愛妾でもいい。自分は彼女しか欲しくないし、彼女との間に子供が欲しかった。

「王宮に愛妾を置いてはいけない決まりはない。だから、誰がなんと言おうと、僕はそうする」

きっぱりジェスに言うと、彼はうろたえたような顔をした。

「ですが……王はお怒りになるでしょう」

「そうだろうな。それに、縁談は壊れる。僕がこれ見よがしに王宮に愛妾を連れ込み、大っぴらに愛を語るつもりだから」

「そんなことまで……！」

ジェスはまさかエディアルドがそこまでするとは思わなかったのだろう。驚いて、絶句している。

「僕にはルーナしかいない」

「……そうでしょうか。世の中には女はたくさんいます」

「ルーナでなければ嫌なんだ。他の女を抱きたくない。ルーナだけでいいんだ」

「彼女は隙を見せた途端に、あなたを裏切り、故郷に逃げ帰ろうとしたんですよ？　本当は故郷に好きな男でもいたのかもしれません」

それが頭を過《よ》ぎったのは確かだった。しかし、ルーナはもう離れないと誓ってくれた。自分の気持ちが通じたのだと思っている。

単純な男だと自分でも思うが、もうなりふり構っていられない。とにかく、ルーナを自分のものにしたいのだ。身も心も。そして、何よりルーナが安心して、自分の傍にいられる環境を作りたかった。

「ルーナには僕の子がもう宿っているかもしれない」

「そんな状態なのに、彼女は逃げ出したんですか?」

「いや……。ルーナはたぶん赤ん坊ができる可能性も考えていないんだろう。あの気性の激しさや気の強さのわりに、世間知らずで……子供みたいなところがある。そこがいいんだが」

ジェスは呆れたような顔をして、溜息をついた。

「なんだか私がいくら申し上げても、エディック様のお考えは変わらないのでしょうね」

「そういうことだ。じゃあ、少し待っていてくれ。僕は彼女の部屋で朝食を取るから」

「ああ、それなら、私はその辺を歩いてきますよ。もうしばらくしたら、馬車が街に着きますからね」

ジェスは立ち上がると、外へと出ていった。エディアルドは肩をすくめて、階段を上っていく。

さあ、そろそろ僕の正体をルーナに話さなくてはならない。彼女はそれを聞いて、どんな反応を返すだろう。

彼女は一筋縄ではいかない。普通の女なら自分の相手が王子だったと聞いて、喜ぶところだろうが、ルーナに限っては予測がつかないのだ。ずっと嘘をついていたわけで、もし怒り出したら、どう宥めればいいだろう。

結局のところ、エディアルドの頭の中は、ルーナのことばかりだった。

ルシェンナは部屋の中の小さなテーブルで、エディックと向かい合わせに座り、朝食を取った。

いつもの朝食とはまた違う。パンとスープとソーセージの素朴な料理で、それにミルクがついていた。だが、ルシェンナは自分をじっと見つめる彼の視線が気になって、食事どころではなかった。

なんなのだろう。いつもと彼の表情が違う。怒っているわけではない。なんとも言えない表情で、ルシェンナを見ているのだ。

なんとか食事をお腹に詰め込み、ミルクに口をつける。すると、ようやく黙っていたエディックが口を開いた。

「ルーナ、これから僕が言うことをよく聞いてほしい」

「……なんなの？」

ルシェンナは不安にかられて、思わず尋ねた。

「実を言うと、エディックという名は偽名なんだ」

いきなりそう言われて、ルシェンナはなんと言葉を返していいか判らなかった。それを言うなら、ルーナという名前も偽名なのだ。偽名同士で、相手を騙《だま》し合っていたということなのだろうか。

「え、えーと……じゃあ、本名は?」

「エディアルド・リオン・レネシス」

ルシェンナはその名を知っていた。知らなかったとしても、苗字を聞けば判る。苗字に国の名が入るのは、王族しかいないに決まっている。

「あなたは……レネシスの王子?」

「そうだ。立派な兄を二人も持つ、第三王子だが。エディックという名を持つことになったのは、父からの命令だったんだ」

エディアルドはエディックとしてやっていた仕事についても話した。秘密裏に行動する隠密部隊の隊長であるために、正体を明かせなかったのだという。

けれども、ルシェンナは傷ついていた。そんな大事なことを、愛妾にした女にずっと黙っていたなんて、信じられない。自分も嘘をついているから、彼を責めるわけにはいかなかったが、なんとも釈然《しゃくぜん》としなかった。

わたしを信じてなかったってことなの……?

ここまで追ってきてくれたことで、少しくらいは愛情を持ってくれていると思っていたルシェンナだったが、なんだか自信が揺らいできた。

それに、彼がこの国の王子ならば、どうしても決められた相手と結婚しなければならないという理由が判った。

自分は愛妾にしかなれない。いや、実際、そうだろう。ルシェンナがアルマーストの元王女だと名乗ったところで、誰も信じてくれないに決まっている。そして、たとえそれが認められたとしても、亡国の王女を結婚相手に求める王子など、どこにもいないはずだ。なんの価値もない。価値のない相手と、王子は結婚しないものだ。

馬鹿だわ、わたし……。

結婚のことを考えたところで、彼はそこまでルシェンナのことを想っているわけではないのだ。思い上がりも甚だしい。

じっと黙っているルシェンナのことが気になったのか、エディアルドは顔を覗き込んできた。

「その……君が怒る気持ちは判るけど……」

「わたし、怒ってなんかいないわ」

怒る資格もない。自分も嘘をついて、ごまかしているのだから。それに、怒っているのではなく、ただショックなだけだ。

二人に共に歩む未来はない。ルシェンナはずっと愛妾として、日の当たらないところにいるしかない。

「それで……あなたはどうしてあの奴隷市にいたの？　あそこで、わたしを買ったりしてはいけなかったんじゃないの？　だって、法律で禁じられているんでしょう？」

「ああ……。その……あの後、手入れが入ったから、奴隷商人も競りに参加していた奴らも逮捕されたんだ」

「つまり、あなたはそれを知っていたのね？　だから、ジェスは必要ないことをしたと、あなたを責めたのよね？」

確かにまったく意味のないことだ。というより、奴隷の売買を禁じていて、取り締まる側の人間が、あんなことをしてもいいのだろうか。

「そういうことだ。だが、クルスを無給で働かせてはいない。奴隷として扱っているわけじゃないだろう？」

「でも、わたしには……愛妾になれと強要したわ」

強要という言葉は不適切かもしれない。何故なら、ルシェンナは途中で抵抗をやめていたからだ。諦めたわけではなく、自分で続きをしたかった。彼が欲しくてたまらなくなったのだ。

「君が欲しかったんだ！　欲しくて欲しくて仕方がなくて……絶対に手放したくなくて、あんなことを言った」

ルシェンナは彼の言葉の激しさに、気持ちの強さを見たような気がした。たとえ身体だけであっても、エディアルドは確かにルシェンナに惹かれていたのだ。そして、逃げ出した自分を、ここまで追ってきてくれた。

ルシェンナは苦しかった。彼に愛情を持てば持つほど苦しくなってくる。しかも、今になって、彼が王子だと聞かされた。王子の愛妾として暮らす一生を思うと、ルシェンナの気持ちはたちまち暗くなった。

何故なら、王子の愛妾というものは、世に出なくても、世間の話題に上るものだからだ。もちろん、王子の妻にも絶対にその存在を知られてしまう。普通の裕福な男の愛妾なら、そんなことはなかったはずなのに。

もし、誰かがわたしをアルマーストの王女だと気づいたら……。

アルマーストとは国交があったのだから、誰かがルシェンナの顔を見知っていたとしても、不思議はなかった。ルシェンナには、レネシスの貴族や大臣と会ったという記憶はないが、向こうが覚えている可能性はないとは言い切れない。

そんな屈辱《くつじょく》を思うと、ルシェンナは今すぐここを去りたくなった。逃げてしまって、エディアルドの知らないところへ行ってしまいたい。

しかし、彼の傍にいると約束したし、何よりもう彼と離れていられない。どんなに屈辱的であろうと、どんなに胸が引き裂かれるような思いがしようと、耐えねばならなかった。

どうしようもなく、彼が好きなのだ。とても離れていられない。

「僕は君を手に入れるためなら、なんでもしようと思った。卑怯な手を使ってでも欲しかったし、今もそう思っている。君には……自分の身より大事なものが故郷にあるのかもしれない。けれども、君を故郷に帰したくないんだ。王子の我がままだと言われてもいい。君を大事にするから……絶対に大事にするから、僕についてきてくれないか？」

まるで熱心なプロポーズのようだ。しかし、彼がしているのは結婚の申し込みでは決してないのだ。

そう思うと、胸が苦しくなって、まばたきした拍子に涙が零れ落ちた。

「ルーナ……」

エディアルドは立ち上がり、ルシェンナの傍に立った。彼の手がルシェンナの頬にそっと触れる。いつものように、自信満々な触れ方でないことが、妙におかしかった。

自分に拒絶されることが、そんなに彼は怖いのだろうか。それなら、やはり愛情はあるのだろう。それを訊いて確かめる勇気はないが、ルシェンナとしてはそれを信じるしかなかった。

ルシェンナは頬を触るその手を上からそっと押さえた。また涙が溢れ出てくる。彼に愛されているのなら嬉しい。しかし、彼の愛妾にしかなれない運命なのが悲しい。それでも、自分に残された選択肢は今やひとつしかなかった。

わたしは祖国より、両親の願いも捨てて、愛を選んだのだ。もう、後戻りはできない。

「わたし、あなたの傍にいると約束したわ……。あなたが誰であろうと、どんな人であろうと、ついていきます」

「ルーナ……！」

ルシェンナは立ち上がると、彼の腕の中に身を投げた。エディアルドはルシェンナの身体を抱き締める。

エディアルドが今になって、自分が王子だと告白した理由は判らないが、本当のことを教えてくれたのだ。それに比べて、ルシェンナは彼にアルマーストの王女だったとは告げていない。

もし、彼に知られたら……どうなるの？

判らない。けれども、エディアルドにとって、ルシェンナは……いや、ルーナはただの貴族の娘くらいが都合がいいのだ。元王女となると、エディアルドも困るかもしれない。

そもそも、彼はエディックという偽名で、隠密の行動を取っている。自分はずっと『エディック』の愛妾であり続けることができるかもしれない。いや、エディアルドは結婚しても、エディックはしないだろう。だとしたら、自分はエディックの妻同然の身でいられる。それなら、あの屋敷の女主人でいることも悪くなかった。

王子の妻のことは、王宮の中のことだ。見て見ぬふりができないこともなかった。

「わたしは『エディック』の妻にはなれないの？　本当に存在しない人の妻になら、なれるんじゃないかしら？　もちろん……正式な結婚ではないけど」

ルシェンナは大胆なことを尋ねた。しかし、これほどまでに、彼が強くルシェンナを欲しいと言うのなら、状況さえ許せば妻にしたいくらいの気持ちでいるのではないかと考えたのだ。

もし、エディアルドにそこまでの気持ちがあるのなら、ルシェンナは自分の本名や立場を告げてもいいと思った。彼が本当のことを言ってくれたのだから、できれば自分も言いたい。彼が好きだからこそ、どんな反応をされるのか怖かったが、それでも知ってもらいたい気持ちもある。

いや、本当はずっとあった。隠しているのが、ずっと心苦しかったのだ。

だから、打ち明けたい。そうして、彼の秘密の妻になりたい。

しかし、エディアルドは苦しげに言った。

「……悪いが、状況が変わったんだ」

「状況が……変わった？　どういうことなの？」

「頼む、ルーナ。黙って、僕についてきてくれ」

どこについてこいと、彼は言っているのだろうか。ルシェンナは戸惑った。このまま、あの屋敷に帰るのだと思っていたのに。

だが、ルシェンナはあの屋敷を自分から出てきてしまった。しかも、最悪な形で、逃げ出したのだ。帰してもらえなくても、仕方がないのかもしれない。

でも……どこに？　彼はどこに連れていくつもりなの？

エディックの隠れ場所というのは、国のあちこちにあるものかもしれない。どちらにしろ、ルシェンナは彼の傍にいると約束した。

「判ったわ。あなたについていく」

アルマーストに帰ることを断念した今、ルシェンナの取るべき道はひとつしかなかった。

ルシェンナはジェスと御者に迷惑かけたことを謝り、自分が使っていた馬車で、一旦、屋敷に戻った。エディアルドとジェスは馬に乗り、まるで馬車を守るようにずっと近くで走ってくれた。

屋敷に戻ったルシェンナはまた、心配してくれた多くの人に謝らなくてはならなかった。特に、メリルとクルスには。

そして、とびっきり美しいドレスを身につけた。エディアルドの指示だからだ。逃亡に使った服とストールは、仕立て屋のお針子に返してくれるよう、メリルに頼む。アルマーストには行き着けなかったが、彼女に服を返すことができたことは、よかったかもしれない。

それから、ルシェンナは箱型の馬車に乗せられた。従者のジェスも一緒に、馬車でエディアルドの目的地に向かうことになった。

一体、彼はどこに連れていこうとしているのだろう。信頼はしているが、やはり不安はある。行き先を知らせてもらえないことで、それが余計に増した。

馬車に揺られて、ルシェンナは横に座るエディアルドに身を寄せた。向かいの席に座るジェスが怖いくらいの視線を向けてくる。が、そのうち彼は目を閉じて、素知らぬふりを決め込んだ。

ルシェンナは馬車に揺られているうちに、次第に眠くなってくる。そして、いつしか、エディアルドの肩にもたれたまま、眠ってしまっていた。

「ルーナ、もうすぐ着くよ。起きて」

優しい声で囁かれて、ルシェンナは目を開けた。

「ここは、どこなの？」

そう言いながら、窓の外を見る。馬車は小さな川にかけられた橋の上を渡っていたが、少し先に高く白い塀が長く続いているのが見えた。その塀の辺りには、たくさんの兵士が武装して立っていて、ルシェンナは驚きのあまり目を瞠った。

白い塀は城門だった。そして、更にその先には白亜の宮殿が見えた。アルマーストの城は尖塔《せんとう》がたくさんある昔風の建築様式のものだったが、この宮殿は違う。大きな丸屋根がある中央部分が特徴的で、それ以外はシンプルだった。正面から見ると、左右に広がる造りで、その端にはそれぞれ塔がそびえている。

「まさか……お城なの？　どうして、わたしをこんなところに連れてきたの？」

「君に、ここで暮らしてもらうために決まっている」

ルシェンナはエディアルドの言葉に血の気が引く思いがした。彼がどうして、熱心についてきてほしいと頼んだのか、やっと判った。しかし、場所がこんなところなら、あんな約束は絶対にしなかった。

「わたしはここでは暮らせないわ」

「どうして？　レネシス王宮の住み心地なんて、君は知らないだろう？」

愛妾を王宮に連れ込むなんて、大っぴらにしていいことではない。それに、ルシェンナも自分がそういう目で見られるのが嫌だった。

「無理よ……。あなたは結婚するのに……」

「いいから。僕と一緒に来るんだ」

優しい口調で、エディアルドは命令した。思えば、彼のこういうときの威圧《いあつ》感の正体は、彼が王子だったからなのだろう。生まれながらの王子で、命令することに慣れている。そして、周囲が命令を聞くのが当たり前だったからだ。

兄が子供の頃から同じように命令をよく下していた。優しいのに、逆らえないのだ。ルシェンナは兄から命令されることが多く、そのときも逆らえずに従っていた。

「で、でも……」

ルシェンナが迷っているうちに、馬車は頑丈そうな門を通っていく。そして、緑の中の小道を進み、宮殿の向かって右の塔の前で停まった。

御者が馬車の扉を開いた。ジェスがさっと先に降り、次にエディアルドが降りる。そうして、彼はルシェンナに手を差し伸べた。

手を取ったが最後、自分はこのレネシス王宮で恥ずかしい思いをしなくてはならない。そして、いずれはエディアルドが結婚して、つらい思いもするだろう。

ルシェンナはできることなら拒絶したかった。しかし、エディアルドを説得するのは不可能だった。今、このときになって、ルシェンナがどんなに泣こうが喚こうが、同じ結果となるだろう。

ジェスの機嫌が悪かったのは、きっとこのせいだ。エディアルドの我がままにしても、これはひどすぎる。

ルシェンナは泣きたい気持ちでいた。けれども、自分は誓った。彼の傍にいると。ついていくと。

アルマーストでは、両親との誓いを結果的に破ることになった。だが、大好きな人に誓ったことを反故にはできない。

ルシェンナは彼の手を取った。エディアルドの表情がたちまち柔らかくなってくる。まるで、自分を包み込むような笑顔を見せられ、ルシェンナは戸惑った。

「大丈夫だ。僕を信じて」

信じたいのはやまやまだった。せめて、自分が亡国の王女でなければ、話は簡単だったのだが。

ルシェンナは彼に手を引かれて、馬車の外へと出た。

塔は玄関にもなっているようだった。もちろんこの宮殿の正式の玄関でないことは判っている。ここはエディアルド専用の玄関なのかもしれなかった。石段があり、磨き抜かれた木製の扉が開いていた。

外にいたのは、兵士だけではなかった。エディアルドを出迎えるために王宮の外に出てきた宮廷勤めの者達がいた。主に女官で、彼女達はこちらをじろじろ見ないようにと、顔を伏せている。しかし、その中で位が高いのか、顔を上げている女官がいた。女官長といった貫禄《かんろく》の、太った初老の女性だった。

彼女は笑みを浮かべながら、しずしずとこちらへ向かってくるが、ルシェンナのことを無視するように、まったく見ないようにしていた。

「エディアルド王子殿下……。急ぎの用事はお済みになったのですか？　いきなり、馬を用意させて、出かけてしまわれて、心配しておりました」

彼女の言葉から、エディアルドはこの王宮にいたところを、ルシェンナの逃亡を御者に知らされたということが判った。てっきり、仕事の用事かと思っていたが……。いや、エディアルドの本当の姿は王子なのだから、こちらに来ることのほうが、本物の仕事なのかもしれない。

「ああ、トウリ。心配かけて悪かった。用事は終わったよ」

「……ところで、その方は？」

トウリと呼ばれた彼女は、ちらりとルシェンナのほうに目を向けた。あまり好意的な目つきではないことに、ルシェンナはすぐに気がついた。メリルとは大違いだ。少なくとも、今の自分は汚い格好などしていないのに。

「僕の最愛の寵姫《ちょうき》、ルーナ・ノリンだ。これから、ここで暮らすことになる」

それを聞いたトウリの顔色はさっと変わった。

「何をおっしゃいます！　寵姫など……この王宮に入れてはなりません！　国王陛下がなんとおっしゃることか……。それに、それに……殿下はこれから……」

「トウリ、やめろ」

エディアルドは優しい調子ながら、有無を言わせぬ声でトウリを制した。

「何が正しいか、僕が判断する。おまえの指示を仰ぐつもりはない」

つまり、口出し無用というわけだ。ルシェンナはこれからここで暮らすことになるのかと思うと、うんざりした。王宮の暮らし自体には慣れているものの、自分をよく思ってくれている取り巻きと暮らすのと、敵意を持つ人達の間で暮らすのとでは、まったく違う。

気がつけば、顔を伏せていたはずの女官達が興味津々《きようみしんしん》といった顔つきで、こちらを見ている。トウリが大声を出したので、驚いたのだろう。

「失礼致しました。わたくし、決してそのような差し出がましいことは……」

「それはよかった。ルーナの世話を頼む。寝室は僕と一緒に使うから、日中、使う部屋を用意してやってほしい。……もちろん、僕の最愛の人だから、トウリも愛情を持って仕えてくれるね?」

「わ、わたくしに、寵姫に仕えろと……?」

トウリはこんな侮辱《ぶじよく》は聞いてことがないといった表情をした。すると、エディアルドは急に冷たい顔になる。

「僕の最愛の人だと言ったはずだ。僕に仕えるように、彼女にも仕えてほしい。それができないと言うのであれば、誰か別の者をつけるが」

「いいえ!　わたくしが……殿下付きの女官長であるわたくしが、責任を持ってお世話を致します」

エディアルドはトウリの誇りを刺激したらしかった。しかし、それくらいで、彼女が愛情を込めて世話をしてくれるとは思えない。とはいえ、トウリがエディアルド付きの女官長であるからには、彼女を無視するわけにはいかないだろう。

逆に、トウリがルシェンナに仕えると言ったからには、ルシェンナの王宮での立場は安泰なのかもしれなかった。もちろん、いろんな嫌なことはあるだろう。もう、それは仕方ないと諦めている。

エディアルドが信じろと言った。だから、信じるしかないのだ。

自分がここで幸せになれるとは思えなかったが。

ルシェンナはトウリに微笑みかけた。トウリは賢くも、自分の感情を胸に仕舞い、なんとか笑顔を作る。

「ルーナ様……とお呼びすればいいのでしょうか」

「ええ、トウリ。これから、お世話になりますね」

「かしこまりました」

トウリは少なくとも表面上はしおらしく、腰を落として、上品に頭を下げた。だが、寵姫の世話を侮辱と受け取るような彼女が、裏でなんと言うのか、だいたい想像がついた。

ルシェンナはあまり世間のことは知らないが、それでも王宮の中のことはよく知っている。どこの国の王宮でも、起こることは同じようなものだろう。

「ルーナと僕は夕食まで休むことする。長旅だったのでね」

エディアルドはルシェンナを連れて、王宮の中へと入っていった。

天井は高く、塔の真上まで吹き抜けとなっている。床は大理石で光り、柱にはたくさんの彫刻が施されて、大きな花瓶には花が生けてあった。漆喰《しっくい》の壁には絵まで描かれていて、きらびやかな宮殿ではあるが、ここは客人が足を踏み入れる場所ではないだろう。それなのに、内装から調度品まで素晴らしいもので、それだけでレネシスの豊かさが判った。

エディアルドはルシェンナに王宮の説明をしてくれた。

「王宮の中の西翼と呼ばれるこの部分は、今のところ僕が使っている。兄が王位を継げば、別のところに住むことになるだろうが」

「あのお屋敷は……？」

「恐らくあそこに住むことになる。あの屋敷は僕にとって、とても大事なところなんだ。王子としてではなく、ほっと息をつける場所としてね」

「だから、メリルさんに任せてあるんですよね」

彼が元は乳母であるメリルをどれだけ信用しているか、一緒に暮らしていたから、よく判っている。メリルの息子であるジェスが、いつもエディアルドの従者として傍にいることからも判るのだ。

「でも、どうしてわたしをここに連れてきたの？　誰も喜ばないし、逆に……誰かを傷つけることになるかもしれないのに」

エディアルドが結婚すれば、花嫁はここに住むことになるだろう。だとしたら、やはり自分がここにいることはおかしい。しかも、寝室を一緒に使うなどということは、これから迎えるであろう花嫁には、ひどい仕打ちだ。

ルシェンナは、もし自分がその花嫁だったら、どれだけ悲しいだろうと思ってしまう。相手のことをそれほど好きではなくても、嫁いできて、寵姫のほうがいい扱いをされていたなら、侮辱されたと思うだろう。

さすがに、結婚したら、彼はルシェンナをどこかに追いやるのだろうが、それはそれで自分が悲しい。後で追い出すくらいなら、ここに連れてきてほしくなかった。傷つく結果になるのは判っている。

しかし、それでもルシェンナはエディアルドに逆らえなかったのだ。彼がここにいてほしいと言うのなら、いるしかない。

ルシェンナは悲壮な覚悟をしていた。

「お兄様方はご結婚されているの？」

「いや……。世継ぎの兄はせっつかれているが、なかなか重い腰を上げようとしない。それどころか、何か用事を作っては、いつもどこかに出かけていて、王宮にはあまりいない。次の兄は軍人なんだ。国の防衛のことしか頭にない男だ。二人とも勝手にしているくせに、僕には早く結婚しろと責任を押しつけてくる。二人の目には、僕は今も呑気《のんき》な坊やで、まったく落ち着きがないように見えるらしい。結婚でもすれば、変わるだろうと思われているんだ」

エディアルドは確かに衝動的な行動をすることがあり、そんなふうに思われるのも無理はなかった。彼の衝動がなければ、ルシェンナは奴隷市で買われることはなかったし、この王宮にも足を踏み入れることがなかっただろう。

彼の兄達に、自分の存在はどんなふうに思われるのだろう。きっと、邪魔で仕方がないはずだ。結婚させようとしているのに、寵姫の存在など許しがたいかもしれない。

しかし、最愛の人だと言ってもらえた。ルシェンナはそれだけで満足することにしようと思った。この先、何があっても、もういい。アルマーストにいても、結局は処刑されたかもしれない。奴隷狩りに捕まり、偶然、長らえた命なのだ。そして、エディアルドに助けられた。彼にすべてを捧げて、何が悪いというのだろう。

エディアルドは西翼のいろんなところを案内してくれた。王宮の中とはいえ、ここは独立した住居となっていた。ひとつの屋敷のように、居間や書斎や食堂がある。厨房は別のところにあり、そこから料理が運ばれてくるようだった。

ここは、すべてがエディアルドのためにある。西翼における王のようでもあった。

もちろん、そんなエディアルドも、父王には従わねばならないようだったが。

「ここが……寝室なんだ」

エディアルドは微笑みながら、扉を開けて、中へと入った。寝室は広く、豪華だった。

壁には大きな絵が何枚もかけられていて、何より目を惹くのは巨大な四柱式のベッドだった。天蓋から布が垂れているが、その布には金色の縁取りがしてあり、それはあの屋敷での彼の寝室にあったものとは格が違うように見えた。

　第三王子とはいえ、やはり彼は一国の王子だ。そのための住まいであり、ベッドなのだ。

「さあ、ルーナ」

　エディアルドはルシェンナの背中に手を当てて、ベッドへと連れていこうとする。ルシェンナはふと立ち止まった。

「どうしたんだ？」

「わたし……。このベッドは……」

　急に、ルシェンナはここにいてもいいのだろうという気がしてきた。寝室はやはり別のところにするのが正しいのではないかと思ったのだ。

「このベッドが嫌なのか？」

「そうではなくて……。ここは花嫁のための場所ではないかと思ったの」

　エディアルドは眉をひそめた。

「君はそんなことは気にしなくていい」

「でも……あなたはいつか結婚するんでしょう？」

　それがつらくてならないが、いずれそうなることは、本人が自ら口にしていたのだ。

「いや……。僕は結婚しない」

　エディアルドは意外なことを言い出した。ルシェンナは驚いているうちに、肩を引き寄せられて、唇を重ねられる。

無理やりではなく、ごく自然な動作だった。たちまちルシェンナは彼の口づけの虜となる。彼の唇や舌の感触が、ルシェンナを蕩けさせてしまうのだ。

次第に脚が震えてきて、支えられていないと、崩れ落ちそうになってくる。エディアルドのキスはいつもそうだ。ルシェンナの理性を丸ごと奪ってしまう。彼に抱かれるためなら、どんな理不尽な命令でも聞きたくなってくる。

やがて、エディアルドは唇を離した。しかし、ルシェンナの身体を解放する気はまったくなく、横抱きにすると、ベッドの上へと下ろした。

「エ……エディアルド様……」

うっかりエディックと呼びそうになったルシェンナに気づいたのか、彼はうっすらと微笑んだ。そして、ルシェンナの頬にそっと触れる。

「可愛いな、ルーナ。僕は君が好きでたまらない」

ルシェンナの頬がすぐに染まる。単純だが、自分が好きな人にそう言われて、嬉しくないわけがない。

「わたしも……」

そう答えるルシェンナだったが、なんとなく気恥ずかしくて、好きだと言えない。けれども、エディアルドはそれで充分なようだった。

「ありがとう、ルーナ。故郷に帰ることを止めた僕を、本当は憎んでいるのかと思ったが」

「憎むなんて……そんな……」

彼を憎むことはできない。きっと、どんな仕打ちをされたとしても、憎むことはないだろう。

エディアルドは目を細めて、ルシェンナの髪をそっと撫でた。

「僕は君が大事だから……君と一緒にいたいから、結婚しないことに決めたんだ」

「でも、結婚しろと言われているのでしょう？　相手はもう決まっているのでは？」

「婚約はしていないが、結婚相手に薦められている女性はいる。だが、それは父の思惑に過ぎない。僕は……僕はルーナがいい」

そう言ってくれることは嬉しい。しかし、王子が結婚しないということが、許されるとは思えない。いくら、彼が世継ぎとは関係のない第三王子だとしても。

「わたしはあなたの愛妾でしかない……。ここでは寵姫と呼ばれるのかしら」

同じ意味ではあるが、寵姫のほうがいかにも王族の愛妾と思えた。

「ああ、だから、僕は君をここに住まわせたんだ。僕はルーナを寵愛している。それを王宮で暮らすどんな人間にも知らせるつもりだ」

ルシェンナは驚いて、目を丸くして彼を見つめた。

まさか、こんなことを考えていたなんて……！

まさしく、彼は衝動の人だ。そういった行動に出れば、彼の父は諦めてくれるのだろうか。少なくとも、エディアルドはそう思っているらしい。

彼がこれほど衝動的に行動すればするほど、ルシェンナは逆に不安になるしかなかった。だって、彼はいつまた衝動的に、他の誰かに恋するかもしれない。ルシェンナは自分が彼にとって特別だとは思えなかった。彼はただ黒髪の女がめずらしいだけかもしれない。もし自分に飽きたら、彼はどうするつもりなのだろう。ここから出ていくようにと、言うのだろうか。

本当なら、彼の気持ちを聞いて、喜ぶべきだろう。それほどまでに、自分のことを好きでいてくれるということなのだから。

でも……。

不安がどんどん増していく。いや、最初からこの恋の結末が幸せであるとは、ルシェンナは思っていなかった。いつかは胸が張り裂ける思いをすることになると。

こんな行動を取った反動は必ず訪れる。エディアルドを信じたいのに、どうしても肝心なところで信じられない。ひどい寵姫もあったものだ。

「僕は誰とも結婚しない。君を悲しませたくないから」

「エディアルド……」

彼はルシェンナの本名さえ知らないのに。

その気持ちが本物なのか、どうしたら信じることができるだろうか。いっそ、正直に自分の正体を告白したほうがいいのかもしれない。そうしたら、彼はルシェンナをこの王宮に置いておこうなどとは、思わないだろう。

けれども、一方で、彼がここまで自分に対して愛情をかけてくれることも嬉しかった。彼の愛を失うことはできない。少なくとも、自分から捨ててしまうようなことは、もうできなかった。

どんな結末が訪れたとしても、できるだけ長く彼の傍にいたい。彼が自分に飽きて、捨ててしまうまでは。

「ルーナ……」

彼が偽の名を呼ぶ。ルシェンナの胸に痛みが過ぎった。

でも……いいの。彼は知らなくていいの。

ルシェンナは彼の首に腕を回した。そっと唇が触れる。彼のキスはとても甘くて、情熱的で、そしてルシェンナを酔わせることができる。

服の上から身体を掌でなぞられる。彼に触れられるだけで、全身がぞくぞくしてきて、彼を求めてしまう。

もっとキスして。もっと触って。

ああ……王宮に着いたばかりなのに。もう、こんなことをしているなんて……。

けれども、もう止められなかった。きっとエディアルドもそうなのだろう。身体は燃え上がり、お互いを求め合っていた。

たちまち、ルシェンナはシュミーズだけの姿となっていた。薄い布を、ツンと乳首が押し上げている。エディアルドはそれを布の上から指でそっと摘んだ。

「ああ……」

たったそれだけで切なげな声が洩れてしまう。

「直に触ってほしい？」

「ええ……」

「それなら、自分で脱いでみせて」

囁くような声音だったが、彼はルシェンナに命令している。ルシェンナは胸元に手をやると、シュミーズの前を結んでいる小さなリボンをひとつずつ解き始めた。その仕草をじっと見つめられていることに対して、不思議なほどに、ルシェンナは身体が熱くなる。彼の視線だけで、ルシェンナは感じてしまっていた。

シュミーズの前が二つに分かれて、それを取り去ると、一糸まとわぬ姿となった。何度となく、見せてきた姿だが、自分で脱ぐとなると、また別の話だ。何故だか判らないが、よけいに身体が熱くなってしまっている。

「ルーナ……僕を誘惑してくれ」

「誘惑？　どうやって？」

「君が好きなように。僕をどうやったらその気にさせられるのか、誘ってみてくれないか？」

またもや、エディアルドの命令だった。すでにその気でいるのは、股間の膨らみで服の上からでも判る。しかし、今や、ルシェンナは彼の言うとおりに動く人形だった。

ルシェンナは腕を交差させて、自分の両方の乳房を持ち上げてみた。柔らかい膨らみを押し潰すようにして、指で乳首に触れてみる。

「あ……あっ……」

普段なら、自分の胸に触れても、どうということはない。身体を洗うときだって、別になんとも思わなかった。しかし、彼の視線に晒されていると、すべてが違っていた。感覚が鋭敏になり、少しの刺激でも感じてしまう。

「自分で触っても、気持ちがいいのかい？」

「あなたに見られていたら……」

エディアルドはそれを聞いて、クスッと笑った。

「見られると感じる？　それなら、下も触ってごらん」

ルシェンナは操り人形になったように、そろそろと片方の手だけを下ろし、脚の間に触ってみた。

自分の指が熱い媚肉《びにく》に触れる。こんな形で触れたのは、もちろん初めてだった。彼の視線に晒されて、身体が蕩けそうになっているのに、自分の指がそれを助長しているのだ。

「あ……あん……」

我慢できずに、秘裂に沿って指を動かす。同時に、堪えきれないほどの甘い衝動を感じ、腰を揺らした。

顔が火照《ほて》ってくる。自分ひとりなら、こんな真似はしないし、したこともない。だが、彼の視線に晒されると、自分の指なのに、自分のものではないようにも感じる。

彼に触れられていないせいかもしれない。彼はじっと見つめているだけだから……。

ルシェンナは切なげに眉を寄せた。彼に見つめられて恥ずかしいのに、もっと見てほしいと思っている。自分が彼に触れてもらいたくて、こんなに乱れているのだと、知ってほしかった。

「もっと脚を開いて……僕に見えるように」

ルシェンナは彼の指示どおりにした。

「濡れてるね……。びっしょりだ。そこに、自分で触れてごらん」

濡れた花弁に指が触れて、自分で無意識のうちに、その形をなぞってみた。

「指を入れて」

「えっ……」

「自分の指を入れてみるんだよ。根元まで、きっちりと」

まさか思ってもみなかったことを言われて、ルシェンナは驚いた。しかし、いつも彼の指を挿入されているのだ。自分の指くらい、その部分は柔らかく受け止めることだろう。もちろん痛みはないはずだ。

ただ、それをするのに、勇気が必要なだけで。

ルシェンナは震えながら、そっと自分の人差し指をそこに差し込んだ。力を込めると、指がずぶずぶと内部へと呑み込まれていく。

「どうかな？　自分の中は？」

「や……柔らかくて……あったかい」

「もう一本、入れてみようか」


彼の命令は無情だった。けれども、ルシェンナは人差し指を引き出すと、今度は二本揃って、指を差し入れた。さっきよりは大胆に挿入できる。怖くないことが判ったからだ。

「……いい子だ、ルーナ。じゃあ、指を動かしみて。僕がいつもしてあげているようにね」


ルシェンナは大きく息を吸うと、彼に言われたように、二本の指を抜き差しし始めた。そのうちに、身体はそれだけでは物足りなくなってきて、他の指も敏感な部分をまさぐるように動き、もう片方の手では乳首を自分で弄るようになってきた。


いつしか、ルシェンナは目を閉じていた。快感に浸っているからだが、彼の目に自分の恥ずかしい姿が晒されていることを意識したくなかったからだ。

身体は更に燃え上がっていく。腰がひとりでに揺れて、限界を迎えようとしていたそのとき、不意に手を止められた。


驚いて目を開けると、エディアルドが微笑んでいた。彼はルシェンナの指をゆっくりと引き抜いた。

「もう、いいよ」

「エディアルド……」


急にもういいと言われても、ルシェンナの身体の熱はなかなか引かない。物足りないどころではない。苦しくして、悶えてしまいそうだった。

「心配しないで。後は僕が引き受けるよ」

エディアルドは手早く自分の服を脱いでしまうと、ルシェンナを腕に抱いた。激しくキスしながら、ベッドに押し倒していく。彼の硬くなった股間が、ルシェンナの脚の間に触れた。

彼は躊躇《ちゅうちょ》なく、ルシェンナの内部へと押し入ってきた。

「ああっ……」

ルシェンナは彼に抱きつくようにして、それを受け入れた。指とは違い、奥のほうまで満たされている感じがあり、うっとりする。自分の指なんかより、ずっと確かなものだ。

エディアルドとひとつになると、何も考えられなくなる。いくつもの不幸の種があったとしても、今は抱かれているだけで幸せになれる。

ずっと……ずっとここにいて。

そうすれば、わたしもここにいるから。

ルシェンナは心の中でそう呟きながら、彼が与えてくれる刺激を全身で受け取っていた。

彼が動くと、ルシェンナの腰もそれに合わせて動く。彼のすべてを感じたい。そんな気持ちが強くなり、思わず彼の背中に爪を立ててしまった。

「ルーナ……！」

「ああ……わたし……わたしっ……」

言い訳する暇もない。感極まって、ルシェンナはぐっと背筋を反らして、昇りつめた。凄まじいほどの快感が身体中を突き抜けていき、ルシェンナはエディアルドに抱きついたまま、もう口も利けない有様だった。

すぐ後を追うように、エディアルドも己を手放すと、ルシェンナを強く抱き締めてくる。互いの鼓動や呼吸が伝わり、ルシェンナはこのときが一番幸せだと思う。他のどんなときより、今が幸せだと。

しかし、そんな幸せもすぐに消えてしまう。身体は離さなくてはならないし、もちろんいつも一緒にいられるわけではない。それに、今までエディアルドはエディックとして、あの屋敷にいつもいた。これからだって、エディックとして活動するときは、あの屋敷が拠点になるのではないだろうか。

そうしたら、わたしはここで独りぼっちになってしまう。

ルシェンナは心細くて仕方がなかった。あの屋敷でなら、独りぼっちという気にはならなかった。メリルはとても温かく接してくれるし、他の召使いも同じだった。クルスだって、たまに話し相手になってくれたのだ。

けれども、ここには誰もいない。王宮勤めの女官達は気難しそうに見えた。実際、外からやってきた者に、あまり優しくしないのが女官というものだ。もちろん、王族や身分の高い貴族にはまったく態度が違うのだが。

「ルーナ、そんなに悲しそうな顔はしないでくれ。僕はそんなひどい男かな？」

ルシェンナは首を振った。

「いいえ……。でも、あなたが王宮を出て、仕事をしている間、わたしはここで独りぼっちなのかと思ったら、とても淋しくて……」

「大丈夫だ。しばらくはここにいるつもりだし、仕事に出ても、ちゃんと帰ってくる。それに、君はあの屋敷でもすぐに馴染んだじゃないか。きっと、ここでも、みんなと仲良くやれるよ」

エディアルドは女官の意地悪さを知らないのだ。王子とは、そんなものかもしれない。ルシェンナはアルマーストの王宮で繰り広げられる女官の勢力争いには詳しかったから、よく知っている。

アルマーストの王宮には寵姫はいなかった。しかし、女官達が寵姫に敬意を払うことは、絶対にない。正式な花嫁でない限りは、ここでは冷遇されるに違いなかった。もちろん、王子の寵姫である限りは、蔑《ないがし》ろにはできないだろうが、あからさまな意地悪ではなく、陰険な仕打ちをしてくることは、ルシェンナには予想できた。

ああ、でも……。

エディアルドがわたしにいてほしいと思う限りは、ここにいるわ。

その先は……。いや、その先のことまでとても考えられない。彼に飽きられ、捨てられた後のことなど。

ただ、今は彼の傍にいたい。それだけだった。

ルシェンナは自分の髪に触れた。屋敷に寄った際に、侍女に整えてもらった髪はくしゃくしゃになっていた。

「嫌だわ。こんな髪をしていたら、何をやっていたか判ってしまう」

エディアルドはくすっと笑い、ルシェンナの髪を優しく撫でつけた。

「二人で休むと言ったからには、みんな、こんなことは予想しているよ」

そういうことだったのか。ルシェンナは本当に、長旅だったから身体を休めるという意味で言ったのかと思っていた。

「君は純情だね。でも、そういうところも好きなんだ。世間知らずで……とんでもないこともしてしまうけど、その分、とても清らかだ」

清らかな人間なら、もっと早くに自分の本名と立場を彼に教えていただろう。けれども、もう今となっては言えなくなっていた。

ただのルーナ。エディアルド王子の寵姫ルーナでいい。

「みんな、わたしの黒髪を見て、どう思ったかしら。アルマーストから来たと判る人はいるのかしら」

ふと、ルシェンナはそのことに気づいて、彼に尋ねた。

「そうだな。アルマーストからひそかに亡命してきた貴族の娘と思う人はいるかもしれない。しかし、まさか奴隷だったとは思わないだろうね」

エディアルドが奴隷を寵愛するはずがないからだ。だが、いずれにしても、ルシェンナの髪を見れば、異国の人間だということはすぐに判るだろう。

「女官が、君にどこの国から来たかと尋ねることはないと思う。もし尋ねられても、答えなくていい。そういうのは得意だろう？」

ルシェンナは頬を赤くした。最初の頃、エディアルドに冷たい態度を取っていたときのことを言っているのだ。

「しかし、アルマーストから来たのだと、知られても構わないと思う。そのことで、誰も君を迫害なんかしないよ」

「王様や……お兄様達も？」

一瞬、エディアルドは眉を寄せた。だが、すぐに笑顔になる。

「君が僕の両親や兄に会うことはないと思う。だから、非難などされないよ」

寵姫ごときには、わざわざ会いにこないという意味なのだろう。上手くはぐらかされたような気がするが、仕方ない。実際のところ、直接、彼らがルシェンナを非難することはないはずだ。もっと回りくどい形で、その非難はやってくるかもしれないが。

「わたしはルーナ。ただのルーナでいいわ。黒髪の国からやってきたルーナ」

アルマーストから来たとは、できることなら知られたくなかった。亡国の王女だと隠すなら、徹底的に隠したほうがいい。そうでなければ、いつかとんでもない場面で、自分の正体が知られてしまうとも限らなかった。

自分がこの国の王宮にいることは、政治的にもまずいかもしれない。もし捕まえられて、マーベラに送られでもしたら……。

その先を想像して、ルシェンナはエディアルドにすがりついた。

「どうしたんだ?」

「ただ少し……怖いの」

「大丈夫だ。怖いことは何もない。僕が守ってあげるから」

エディアルドはルシェンナを抱き寄せ、髪にキスをする。

ルシェンナは大きすぎる不安に苛《さいな》まれ、ただ怯えることしかできなかった。

エディアルドはルーナを王宮中の人間に見せびらかしたかった。

この美しい彼女が自分の愛する人なのだと。

自分でも夢中になりすぎているかもしれないと思うこともあったが、結婚などしたくない。今まで結婚は義務だと考えていたが、実際に父王からその話を振られると、とんでもないと思うようになった。

ルーナを愛しているのに、他の女など抱けない。これが一番の理由だった。まして、結婚して、他の女を妻とし、自分の子供の母親にするなんて、とても考えられなかった。だからこそ、ルーナを王宮に連れてきて、みんなにお披露目をした。

もちろん、いろんなところから反発があるのは判っていたことだったが、意外と早く王に呼び出しを受けた。ルーナと王宮で暮らし始めて、まだ二週間も経たないのに。

親子なのだから、普段は王の私室で話していたのだが、今回は謁見《えっけん》の間に呼び出された。

エディアルドはジェスを従えて、正装して謁見の間に向かった。

王と王妃、つまり両親が揃っている。謁見の間の奥には赤い絨毯《じゅうたん》を敷き詰めた壇があり、父は壇の上の玉座に座っていた。母は隣の玉座に似た椅子に腰かけているものの、両親いずれも厳しい表情をしている。

エディアルドはその前に進み出て、謁見の作法どおりに磨かれた床に片膝をつき、胸に手を当てて、頭を垂れた。

「陛下、私をお呼びだと伺いましたが」

「芝居がかった真似はおやめなさい」

母の叱責の声が響いた。これは、よほど怒らせたのだろう。母は温厚で優しい性格をしている。自分は末っ子であるために、母にはずいぶん遊んでもらったが、こんな声を聞いたことは今まで一度もなかった。

しかし、どんなに叱られようとも、ルーナのことを諦めるつもりはなかった。

「立ちなさい。おまえを臣下扱いする気はない」

父王の静かな声に促され、エディアルドは立ち上がった。父もまた温厚だが、それは自分を律しているからだ。本来は気性が激しく、国のためならば、温情など差し挟むことはない厳しい性格をしている。

父は射貫くような眼差しで、エディアルドを見つめた。

「おまえは寵姫を王宮の自分の住まいに連れ込んでいると聞いたが、本当か？」

「間違いありません。美しい娘です。父上もご覧になれば、お気に召すはずです」

「美しいかどうかは、どうでもよい。その娘は黒髪だとか。アルマーストから亡命してきたという噂が立っておるが？」

父は噂が真実かどうかを訊いているのだ。エディアルドは慎重に答えた。

「さあ、どうでしょう。娘は自分のことを語りませんから」

「おまえは、素性の知れぬ娘を寵姫にしたのか？　しかも、そんな娘を王宮に入り込ませたのか？」

父はかなり呆れているようだった。その点は、自分も父と同じように感じる部分がないわけではない。しかし、ルーナは明らかに身分が高い娘で、アルマーストに帰りたいという気持ちを持っていても、この国にあだなすことはないだろう。

「お言葉ですが、父上、ルーナは下賤《げせん》な娘ではありません。そして、危険なことを考えている輩《やから》でもありません。そんな不適切な娘を王宮に連れてきたりはしませんから、心配なきよう……」

そこに、母が口を差し挟んできた。

「あなたの寵姫というだけで、不適切なのですよ。このことは、すでにあなたの婚約者となる方の耳に入ったようです。この不始末を、どうするつもりなのですか？」

「僕は婚約する気はないし、結婚もしません。当の相手の耳に入ったのなら、僕にとっては好都合です。堂々と寵姫を囲う王子の花嫁になりたいと思う娘はいないでしょうからね」

元々、それが目当てだったのだ。話が勝手に進んでしまうことだけが怖かった。自分はもう誰も娶《めと》らないと決めているのに、次に父に呼び出されたときには、婚約式の話が整っているかもしれなかったからだ。

父は渋い顔をした。

「おまえという奴は……。その女がそれほどいいのか?」

「僕は彼女を愛しています」

はっきりと言い放ったが、そのことによって、両親は衝撃を受けたようだった。

「素性の知れぬ女との結婚を許すわけにはいかないのだぞ? もちろんアルマーストからの亡命者など、もってのほかだ」

「判っています……。だから、誰とも結婚しません。僕の子供を産むのは、彼女だけです」

それを聞いて、母ははっとしたような顔になった。

「まさか、その娘はもう子供を宿しているのですか?」

「いいえ、今のところ、そうではありませんが」

「そうでしたか。それならいいんです」

母は胸を撫で下ろした。何がいいのか判らない。今のところ身ごもった兆候《ちょうこう》はなくても、二人は何度もベッドで睦《むつ》み合っている。いつ子供ができてもおかしくはなかった。

父は厳かな声で尋ねた。

「おまえは本当に心からその娘を愛していると言い張るのだな?」

「もちろんです!」

「それなら……おまえの愛情とやらを試すことにしよう」

「試す? それはどういう意味なのでしょうか?」

エディアルドは怪訝《けげん》な顔で父を見つめた。父は意味ありげに、母と目を合わせて、何か頷き合っている。

「つまり、しばらく二人には離れ離れになってもらう。手紙などで連絡を取り合ってもならぬ。それでも、おまえの愛が薄れないのなら、娘を好きなだけ王宮に置いておくがいい。結婚しないという、おまえの選択も受け入れよう」

エディアルドの胸の中に、明るい希望が灯った。もちろんエディアルドは自分の決めたとおりにするつもりだったが、父の許しがあるのとないのとではまるで違う。できれば、ルーナの存在を、両親にも認めてもらいたい。自分の子供は必ずルーナに産んでもらうのだから。

たとえ結婚できなくても、自分の心の妻はルーナだけだ。他にはいない。

「判りました……。しかし、しばらくとはどのくらいの間でしょうか？」

「半年と言いたいところだが、私の見立てでは、そう続くまい。ひと月でどうだ？」

エディアルドは驚いた。それほどまでに、父は自分の恋心を甘く見ているのだろうか。それくらいの時間があれば、容易《たやす》く心変わりがするのだと。

しかし、期間が一ヵ月なら、そのほうがいい。早くルーナと幸せになれるというものだ。

「もちろん、娘にはこのことは何も言ってはならぬ。娘の愛も揺るぎないかどうか見ないといけないからな。それに、おまえが心変わりして、がっかりさせると気の毒だ」

そんなことはあり得ないが、本当のことを話したら、彼女が気を揉むことになる。ただでさえ、彼女は王宮で暮らすことを不安に思っているのに。だから、理由はまったく違うが、その件も父に従うことにした。

「承知しました」

エディアルドの返事に、父は重々しく頷いた。

「それなら、ひと月の間、仕事をしてもらうことにしよう。そのほうが、おまえも気が紛れるだろう」

つまり、エディックとしての仕事だ。実際、王宮に長くいると、やはり物足りなくなってくる。やはり、自分の一部はエディックなのだろう。

「仕事のほうは、私室で話そう。実は込み入った話があってな……」

父の言葉に、エディアルドは笑みが零《こぼ》れそうになるのを隠して、頷いた。

一ヵ月後には、ルーナは正式に王宮で存在を許され、認められるのだ。そう思うと、嬉しくて仕方がない。

しかも、この一ヵ月はエディックとして仕事をしていればいいのだ。きっと、あっという間に過ぎ去ってしまうだろう。そして、その後は意気揚々《いきようよう》とこの王宮に帰る。

ルーナの待つ王宮に。

エディアルドは幸せの鐘が頭の中で鳴り響くような気がしていた。

ルシェンナはいつものように自分の部屋の長椅子で寛《くつろ》いでいた。このところ体調がよくないので、夜の静かな時間はこうして過ごしている。

エディアルドが仕事でしばらく留守にすると言い、王宮を出ていってから、もう二週間ほど経っただろうか。彼はまだ帰ってこない。便りすら来ないのだ。

彼の仕事は隠密行動を取ることで、危険を伴うこともある。もし彼が怪我でもしたならと思うと、心配でならない。しかし、怪我をすれば、王宮にも話が伝わるだろう。それに、ジェスがいる。ジェスが命懸《いのちが》けで、エディアルドを守ってくれるはずだ。

ルシェンナの心には、他の不安も付きまとっていた。エディアルドと出会ってから、こんなに長く離れていたことがない。これが仕事だということは判っているが、もしかしたら、自分にはもう飽きたのかもしれないと思ってしまう。

まさか、こんなに早く……？

けれども、そうではないとも言い切れない。彼は出かける前は、とても機嫌がよかったのだ。にこにこしていて、そんなに仕事が好きなのかと思ったが、本当はそうではないかもしれない。

わたしとの暮らしにもう飽きていて、王宮の外に出ていくのが楽しみだったのかも……。

彼の笑顔はそんなふうにも解釈できた。彼を信じなくてはいけないと思いつつも、手紙ひとつ来ないのだから、疑いたくもなってくる。

ああ、せめて、どんな仕事なのか、話してくれればよかったのに。

しかし、エディアルドは秘密の仕事だからといって、行き先も教えてくれなかった。

王宮の中はとても寒々しい。少なくとも、ルシェンナにとってはそうだった。誰も彼もが義務感のみで、ルシェンナの世話をしてくれる。しかし、女官の誰とも心を通わせることはできなかった。

特に、女官長のトウリはもう笑顔も見せてはくれない。言葉では恭《うやうや》しく接してくれるが、それが見かけだけなのは誰の目にもはっきりと判る。態度が冷たくてたまらなかった。

ああ、早くエディアルドが帰ってくればいいのに！

いっそのこと、自分も連れていってもらいたかった。どこにだって、ついていくのに。たとえ荒れ果てた地でも。

ルシェンナは溜息をつき、手元の本に視線を戻した。アルマーストの王宮なら、いつでも取り巻きの女官がいて、楽しいことを話してくれたが、ここには自分を楽しませてくれるような女官は一人も存在しなかった。

しかし、それも仕方がないとも思う。ここは王子の花嫁がいるべきところだ。花嫁にならば、もっと敬意を持つだろう。自分は寵姫で、おまけに異国の人間だ。敬意どころの話ではない。

せめて、エディアルドが傍にいてくれれば、この王宮の暮らしももっと違ったものになっていただろうに。だが、エディアルドに、ずっと王宮にいろと言うわけにもいかない。自分はすでに籠《かご》の鳥だが、エディアルドはそうではないのだから。

それにしても、今日はずいぶん静かだ。まるで、王宮の中に人がいないみたいに思えてくるが、そんなはずはない。それとも、何か行事があって、どこかに出かけてしまったのだろうか。

そんなふうに思える静かさで、ルシェンナは自分が一人ここに取り残されてしまったような恐ろしさを感じた。体調があまりよくないから、妙に悲観的なことばかりに囚われてしまうのかもしれない。

夜だから、もうみんな寝入っているのよ。きっと遅い時間なんだわ。

着替えの手伝いをしてくれる侍女はまだ起きているだろうか。すでに、昼のドレスとは違い、寛ぐための楽な部屋着を着ていたが、夜着に着替えるために、そろそろ呼んだほうがいいかもしれない。

ここにもベッドがあり、エディアルドが出ていってからは、ずっとこちらのベッドを使っている。自分ひとりで、王子の寝室を使うのは、なんだか気が引けたからだ。

そんなことを考えていたとき、部屋の扉がいきなり乱暴に開かれた。

ルシェンナは驚いて、そちらを向いた。いくら寵姫の部屋でも、そんな無作法な真似をする女官など、いるはずがないのだ。

入ってきたのは女官ではなかった。二人の屈強《くっきょう》な兵士だった。ルシェンナはあっけに取られたが、気を取り直して、彼らを叱りつけた。

「いきなり入ってきて、一体、なんの用なのですか？」

「俺らはリーフェンス隊の者でね。隊長からこれを預かってきたんだ」

一人がそう言い、手紙を差し出した。

エディアルドからの手紙だわ……！

ルシェンナは嬉しくて、それを受け取った。そして、その場で開けて、紙を広げる。見たことのない筆跡《ひっせき》だったが、よく考えると、ルシェンナは一度もエディアルドの書いた文字を見たことがなかったのだ。

王子らしい繊細《せんさい》な文字で、手紙は綴《つづ》られていた。

『ルーナ、君にはいつまでも隠していられない。本当のことを告白しよう。僕は運命の人に出会ったんだ。君とのことは、気の迷いだったようだ』

他にも何か書いてあったが、ルーナはその先を読めなくなっていた。ついに、恐れていたことがやってきたのだ。

そう。ずっと恐れてきたのだ。彼の心変わりを。

たった二週間離れていただけで、二人の間は壊れてしまうものだったの……？

ルシェンナの心は砕け散った。自分はまだ彼を愛している。当然だ。たった二週間ほどで心変わりするなら、それは本当の愛なんかではない。

「俺達はあんたをここから追い出すように命令されてきたんだ」

「わたしを？　追い出す？」

　まさか、エディアルドがそんな言い方をしたとは思わない。しかし、同じような意味のことは言ったかもしれない。たとえば、出ていくように説得してくれ、とか。それを、この男達は勘違いして、ルシェンナを追い出すことこそが任務と思い込んでいるのかもしれない。

「ああ、自分が帰るときに、あんたがいると邪魔なんだと」

　彼は次の寵姫を連れて帰るということだろうか。つまり、次の運命の人を。

　ルシェンナは手紙を胸に押しつけて、立ち上がった。

「わたし、追い出されたりしないわ！」

「追い出せと命令されてるんだよ」

「王子がわたしにいてほしくないと思っているなら、自分で出ていくわ。誰にも、命令されたりしない」

　二人の兵士は顔を見合わせたかと思うと、素早く両側からルシェンナの両腕を掴んだ。

「何をするの！　放しなさい！」

　金切り声を上げたが、二人には通じない。ルシェンナの腕を両側から掴んで、どこかに連れていこうとする。

　わたしを本当にここから追い出す気なの？

ルシェンナはぞっとした。

「いやよっ！　放して！」

悲鳴のような声を出すと、手で口を塞がれた。やがて、口の中に布を詰め込まれて、猿轡を噛まされる。どんなに声を出そうとしても、くぐもった声にしかならない。

わたしは……どうなるの？

エディアルドが本当にこんな仕打ちをわたしにしようとしているの？

いや、そんなはずはない。しかし、エディアルドが書いたあの手紙は本当のものだろうし、王宮から出ていってほしいとルシェンナに望んでいるのは確かだ。

何故なら、彼らはリーフェンス隊と名乗ったからだ。エディアルドがエディック・リーフェンスだということは極秘事項だ。それを知っている彼らは、当然、エディアルドの信頼を得ている者達に違いない。

それに、彼らがエディアルドの使いの者だという証拠がなければ、この王宮の私室部分に入れたはずがなかった。

ああ……。どうして、こんな残酷なことができるの？

エディアルドが面と向かって、きちんと話してくれたなら、ルシェンナは黙って出ていくのに。使いの者にすべてを任せて、説明は手紙で済ませるなんてことが、どうしてできるのだろうか。

ルシェンナは手足をしっかり縛られて、その上からどこかで見たことのある大きな布をかぶせられた。確か、これはいつも寝具の上にかけてある布だ。二人はルシェンナをその布でぐるぐると巻き、荷物のように担ぎ上げた。

ルシェンナは恐ろしくてたまらなかった。

「おい、聞いてるか？　じっとしてないと、怪我することになるぜ」

布でぐるぐる巻きにされた状態で、剣で突き刺されたら、どこに怪我するかも判らない。ルシェンナは恐ろしさに身を竦ませながら、抵抗をやめた。

王宮の外に連れ出されるだけなら、もうそれでもいい。エディアルドとの恋がこんな結果になったことは悲しくてならないが、彼のためなら身を引く気はあったし、元々、こんな生活がずっと続くなんて、ルシェンナも考えていなかった。

アルマーストの王女だったわたしが、レネシスの王子の寵姫になるなんて……。

普通に考えたら、あってはならないことだったのだ。

いつか離れ離れになる予感はあったものの、こんな形で実現することになるとは、まったく思っていなかったが。

ルシェンナは男達の手によって、王宮の外に運び出された。外には馬車が待機してあり、それに乗せられ、門の外へと連れていかれる。そして、しばらく馬車は走っていたが、どこかで停まった。

ルシェンナは布を剝がされ、猿轡《さるぐつわ》を解かれた。涙でぐちゃぐちゃになっていたルシェンナの顔を見て、男達はわずかに良心の呵責《かしやく》を覚えたのか、お互いの顔を見合わせた。だが、何も言わずに手足の拘束を解く。

「おまえはここで降りるんだ。もう二度と王宮には戻ってくるんじゃないぞ。戻っても、おまえは入れないようになっているからな」

「悪くすると、とんでもない罪を着せられて、投獄されるかもしれないぞ。絶対、門にも近づくな。判ったか？」

まるで、ルシェンナの身を心配しているようなことを、二人は口にした。実際、こうなった以上、自分が王宮に戻ることはないだろう。今思えば、王宮が静かだと感じたのも、このことに関して、エディアルドからの指示があったからなのかもしれない。

それでも、彼がルシェンナを投獄することは、あり得ないと思うのだが。

しかし、門を守る兵士達は怪しげな人間を排除するために、極端な行動に出るかもしれなかった。この二人の男の行動もまた、エディアルドの指示そのままだとは、とても思えなかったからだ。

ルシェンナは黙って、馬車を降りた。辺りは真っ暗で、静かだった。誰も見当たらない。家に灯りもついていない。こんな時間に活動しているのは盗人くらいのものだ。

夜風が冷たい。ルシェンナが震えると、親切心からなのか、さっきまでかぶせられていた布を渡された。

馬車は去っていく。ルシェンナは布を頭からかぶって、自分の身体に巻きつけた。

ここはどこなの……？

王宮からさほど離れていないだろう。まだ王都からは出ていない。しかし、自分はこれからどうすればいいのだろう。お金もない。住むところもない。いよいよ、物乞いでもして、暮らさなくてはならなくなったのだろうか。

奴隷よりはましかもしれない。しかし、こうなってしまった以上、似たようなものだ。

ルシェンナは布を引きずりながら歩いていたが、どこに行く当てもないことに気づいて、立ち止まった。とりあえず、朝を待とう。今は暗くて何も見えないが、朝日が昇れば、自分の行き先も見えてくるかもしれない。

ルシェンナは道路の隅へ行き、石段のようなところに腰かけた。どこかの店先のようだが、今だけここで休ませてもらおう。

布をかき寄せれば、なんとか寒さをしのげる。ルシェンナは虚《うつ》ろな目で暗い闇を見つめていた。

第六章　懐かしい人との再会に

「人がいるよ！　お母ちゃん、女の人がうちの前で寝てるよ！」

子供の声で、ルシェンナは目を開いた。

朝日が眩《まぶ》しい。そして、とても硬いところに寝ている。ここはどこだろう。

自分がいるところが外だということに気づいて、ルシェンナはようやく昨夜の出来事を思い出した。

ああ、そうだわ。わたしはもうエディアルドから捨てられたのだわ。

今更ながら、胸がズキンと痛む。昨夜はどこか現実感を伴って考えられなかったが、一晩経てば、自分が置かれた状況がもっと理解できる。

わたしはお金もなく、住むところもなく、街の中に放り出されたのね。

ルシェンナは身体を起こしたが、硬い石の上で寝ていたので、身体が痛かった。自分が寝ていたところを改めて見ると、そこはパン屋の前だった。甘くておいしそうな、パンが焼ける匂いがしてくる。

店の中から、クルスくらいの年齢の少女とその母親らしき恰幅のいい女性が出てくる。ルシェンナはその二人を見て、目を大きく開いた。二人とも黒髪だったからだ。

二人もまたルシェンナの髪に目を留めて、驚いているようだった。

「まあ、あんた、黒髪なんだね。一体、どうしたんだい？」

母親のほうに尋ねられて、ルシェンナは途方に暮れた。どう説明すればいいのだろう。まさかこの国の王子の寵姫《ちょうき》だったが、追い出されたとは言えない。エディアルドの名に傷がつくし、寵姫だったなんて言えば、なんと思われるか判らなかった。

彼女はじろじろとルシェンナを見ていたが、やがてにっこり笑った。

「まあ、とりあえず中に入ってくれないかい？　お客の邪魔になるからね」

「ご、ごめんなさいっ。わたし、ここで寝るつもりではなかったんです」

「誰も好き好んで、冷たくて硬い石の上で寝たりしないさ。理由がある人だけだ。……さあ、おいで。家の中はここより温かいよ」

彼女の優しさに、ルシェンナは泣きそうになった。見知らぬ者にこれほど親切にしてくれる人がいるとは思わなかった。しかも、店の前で行き倒れているような女を、招き入れてくれるなんて。

「ありがとうございます……！」

ルシェンナはかぶっていた布を畳《たた》み、二人について店の中へと入った。店はまた開いていなかったが、店の主人がパンを並べていた。彼もまたルシェンナの髪を見て、驚いているようだった。

ルシェンナは彼に頭を下げた。挨拶しようにも、この場合、どう挨拶したらいいか見当もつかない。主人もルシェンナに軽く頭を下げた後、自分の妻に尋ねた。

「どうしたんだい？　この娘は……」

「行き場所がないみたいだよ。朝は冷えるからね」

「ああ、そうかい」

それだけで店の主人は納得したように、また作業を始めていた。まるで妻が、困った人の面倒を見るのがごく普通であるかのように。

「さあ、こっちだよ」

彼女に招き入れられたところは、小さな厨房《ちゅうぼう》だった。厨房ではあるものの、古いテーブルが置いてあって、そこで食事ができるようになっていた。テーブルには少女より少し年上の少年がいて、スープとパンの食事をしていた。

少年は茶色の髪をしていたが、少女の兄だろう。丸い目でルシェンナの黒髪を見たが、にっこりと笑った。

「おはよう。お姫様みたいなドレスで、綺麗だね。なんて名前？」

少年の質問に、ルシェンナは微笑んだ。

「ルーナよ」

「ルーナはどこの国から来たの？　この国じゃ黒髪の人なんて、滅多にいないから、よそから来たんだよね？」

「そうよ。他の国から来たの」

この国では異国人にしか見えないのだから、嘘をついても仕方がない。

「じゃあさ……」

まだ問いかける少年に、母親が厳しい声で制した。

「ほら、さっさと食べて、お父ちゃんの手伝いに行きな。……で、ルーナ、あんたも食べるだろ？　ここにお座り」

母親はルーナにもスープとパンを出してくれた。無骨と思えるほど飾り気のないテーブルと椅子だったが、不思議と温かみを感じた。それに、暖炉の火が燃えていて、ルーナのすっかり冷えた身体を温めてくれる。

ルーナはパンをちぎり、口に入れる。ふんわりとした甘みが口中に広がった。

「おいしい……」

「そりゃ、そうだろ。この辺りじゃ人気のパン屋なんだよ、うちは」

母親はにっこり笑って、自分の分のスープを注ぎ、椅子に腰かけた。少女は店の手伝いをするのか、そちらに駆けていく。黒髪が目立っていて、ルーナはそれが気になった。

「お嬢さんは大丈夫なんですか？　この国では黒髪に興味を示す人がたくさんいるみたいだし……。もし、誰かに攫《さら》われたりしたら……」

「大丈夫だよ。この界隈はあんまり知らない人間は入ってこないし、パン屋のエレミーといえば、みんなが知ってる。誰も悪さはしないよ」

「よかった……！　わたし、心配になって……」

「判るよ。あたしもこの国に来て、苦労したもんさ。こう見えても、若い頃はあたし目当てにお客が来たんだよ。近くの酒場から、うちで働かないかと言われたくらいでね」

母親は陽気に笑ったが、急に真面目な顔になった。

「でも、あんたは人の心配してる場合じゃないよ。一体、どうしてこの国に来たんだい？　ずいぶんいいドレスを着ているのに、うちの前で寝る羽目になった理由を教えておくれよ」

彼女が親身になって、自分のことを考えてくれているのが判り、ルシェンナはほろりとする。こんなに親切してもらっているのだから、本当のことを言ったほうがいい。もちろん、アルマーストの王女だということや、自分の面倒を見ていたのがエディアルド王子だということとは、やはり伏せねばならなかったが。

「わたしはアルマーストで奴隷狩りに遭《あ》って、連れてこられました。奴隷市でわたしを買ってくれた人に、今まで世話になっていたんです」

「ああ、あんた、その人に……」

彼女が痛ましいものを見るような目で見るので、ルシェンナは慌てて説明した。

「その人はとても優しかったんですよ。わたしのこと、お姫様みたいに大事にしてくれました。わたしのことが好きだけど……いい家の息子さんだから、親の決めた相手と結婚しなくちゃいけないって。それは判っていたのに、わたしはその人のことが好きになってしまったんです」

エディアルドの手紙に書いてあったことを、ふと思い出した。他に好きな人ができたというのは嘘かもしれない。彼は父親の決めた相手と結婚する気になったのだ。だから、ルシェンナを王宮から追い出したかったのだろう。

もちろん、それでも、あんな追い出し方をエディアルドが指示するはずがないと信じているが。きっと命令が違うふうに伝わっていたのだ。

しかし、もう自分はあの王宮には戻れない。あの二人の兵士が言うように、中には入れてもらえないだろうし、投獄されるかもしれないと聞いたのに、わざわざ近づく気にもなれなかった。

エディアルドに会いたい気持ちはある。ちゃんと自分で説明せずに、手紙で済ませた彼に対して、怒りのようなものは抱いているが、それでも思慕の情はなくなっているわけではなかった。

「それで……何か嫌なことがあって、その男から逃げてきたのかい？」

「いいえ。わたし……追い出されたんです」

ルシェンナは昨夜あったことをかいつまんで話した。

「なんてことかね。着の身着のままで愛妾を追い出すなんて。あんた、お金も持たないいんだろ？　荷物だって持っていないし。いくら奴隷市で買ったからって、あんまりだ！」

彼女は憤慨《ふんがい》していた。何かの行き違いだとしても、エディアルドがルシェンナを捨てたのは間違いなかった。

そういえば、あの手紙はどうしたのだろう。今は持っていないから、馬車の中に置き忘れてきたのかもしれない。

エディアルドの最後の手紙だったのに……。

いや、もう彼のことは忘れなくてはならない。元々、叶うはずのない恋だった。それなのに、束の間、夢見てしまったのだ。彼が言うとおり、あの王宮で寵姫として囲われて、彼の傍で一生暮らせたら……と。

ルシェンナはもうアルマーストには戻れない。エディアルドのことを忘れて、この王都で生きるしかなかった。そうすることで、エディアルドは心置きなく結婚できるだろう。

そう思って、ルシェンナは胸の痛みを感じた。彼が結婚するなんて、本当は考えたくなかった。王宮の中で彼と睦《むつ》み合ったのは、そんなに前のことではない。あんなに優しかったエディアルドが、これほど早く心変わりするとは思わなかったが、それもこれも仕方のないことだった。

所詮《しょせん》、二人は結ばれない運命だったのだろう。そう思わないことには、苦しすぎる。

ルシェンナは顔を上げて、彼女をまっすぐ見つめた。

「お願いします。わたしをここに置いてください！　不器用で大したこともできないけど、一生懸命、働きますから」

　本当にルシェンナは何もできなかった。掃除も洗濯もしたことはない。針仕事もできない。食事も作れない。今までする必要がなかったからだが、教えてもらえば、なんだって、頑張ってする。他に生きていく方法なんて、考えられなかった。

　ルシェンナは更に付け加えた。

「わたし、きっとどこでも寝られます。石の上でも寝られたんだから、たぶんどんなところでも……」

「石の上で寝ろとは言わないよ。窮屈《きゅうくつ》だけど、エレミーと一緒でいいなら、寝る場所はある。仕事は……あんたなら評判の看板娘になれるよ。黒髪だから、あたしの姪《めい》ってことにしてさ。市場にも店を出してるから、そっちを手伝ってもらうほうがいいかな」

「それじゃ……」

　彼女はにこやかな笑顔になった。

「ああ、ここにいていいよ。あたしはサリ。あたしの故郷はアルマーストじゃないけど、同じ黒髪が縁だ。困ってる人を見捨てたりしないよ」

「ありがとうございます！　わたし、本当に何もできないんですけど、教えてもらったら、なんでもしますから」

　サリはルシェンナのドレスを見ながら頷いた。

「でも、そのなりじゃ、何もできないね。あたしの若い頃のドレスでも、引っ張り出してこようかね。心配しないでおくれ。若い頃はあたしも細かったんだからさ」

彼女はまた陽気に笑って、スープを飲んだ。ルシェンナもほっとしたら、急にお腹が空いてきて、スープを飲む。そして、その温かさに、またほっとした。

この店の前で寝込んだのは、今になってみれば正解だったのだろう。見ず知らずの女を家に入れてくれて、こんなに親切にしてくれるなんて、きっと滅多にないことだと思うのだ。

「そういえば、さっきは顔色が悪かったね。あったまったせいか、少しよくなってきたようだ」

「最近、朝はいつもそうなんです。気分が悪くなることもあるし……。でも、仕事はちゃんとしますから」

「いや、そんなことより……。あんた、まさか子ができてるんじゃないかい？」

「えっ……」

ルシェンナはスプーンを持ったまま固まった。何故だか、今までそんなことは考えたこともなかった。確かに夫婦同然の暮らしをしていたのだから、身ごもってもおかしくはない。ただ、ルシェンナはその可能性を無意識で排除していたのだ。

子供ができたら、困ったことになるから……。

アルマーストへ帰ることを考えていた時期も、エディアルドにいつか捨てられるときが来るかもしれないと怯えていた時期も。

　子供ができたら、事情が変わってしまうからだ。自分がそのことで途方に暮れることが判っていたからだ。

「わ、わたし……判らない。本当に赤ちゃんが……？」

　ルシェンナは思わず自分のお腹に手を当てた。ここに子供がいるのかどうか、自分では判らなかった。

「月のものは？　いつだった？」

「……ずっと前」

　あれは、エディアルドをエディックと信じていた頃のことだ。あの屋敷で暮らすようになって、それほど経たない頃だったように思う。

　あれから一度も、月のものが来てない！

　ルシェンナは自分が身ごもったまま捨てられたのだという事実に気づき、愕然《がくぜん》とした。いや、エディアルドがそれに気づいていたとも思えない。ルシェンナ同様、そんな可能性を考えていなかったのだろう。

「ああ、ルーナ。可哀想に。でも、一応、子供ができたって、その男に言ったほうがいいんじゃないのかい？　そうすれば、そいつの気も変わるかも」

　エディアルドは今まで一度も子供の話などしたことはなかった。そんなことは望んでないに違いない。寵姫でいる間ならともかくとして、無用になって捨てた寵姫に子供ができても、困ったことにしかならないだろう。

それに、子供だけ取られてしまうかもしれない……！

ルシェンナは恐ろしかった。結婚せずに生まれてくる子かもしれないが、王子の子に間違いないからだ。乳母がつけば、ルシェンナがいなくても、子供は育つだろう。

エディアルドの子供は、わたしが育てたい。彼とは結ばれない運命だったけど、せめて子供くらいは手元に置きたい。

涙が出てきて、ルシェンナは両手で顔を覆った。絶望的な思いが、胸に押し寄せてきて、どうしたらいいか判らなかった。

「わたし……戻れません。もう……ダメなんです。もし本当に身ごもっていたら、ご迷惑かけるかもしれないけど……」

サリはルシェンナの背中に手を回して、優しく叩いた。

「いいんだよ。気にしなくていいよ。困ったときはお互い様なんだよ」

なんて優しいことを言ってくれるのだろう。ルシェンナは精一杯、働いて、恩返しをしようと思った。もっとも、足手まといになる可能性もあったが。

「それより、身体を大事にしないと。冷たい石の上で寝るなんて、子を流すところだったよ。さあ、赤ん坊のために、ちゃんと食べないと」

まだ身ごもっているという確証はなかったが、サリはそのようにルシェンナを扱うつもりのようだった。

この先はどうなるの……？

子供が生まれた後は？

ずっと、このままでいられるわけがない。パン屋に、ルシェンナとその子を養う余裕など、あるはずがないのだ。もちろん、そんな義理もない。優しさに頼ってばかりじゃいけないのだ。

でも、どうしたらいいのかしら。

今は判らない。まず、ルシェンナはこの生活に慣れなくてはいけなかった。王宮暮らしが身についた自分の生活を忘れ、捨て去らなくてはならなかった。

そうでなければ、生きていけない……。

ルシェンナはお腹にいるかもしれない子供のことを考え、勇気を振り絞った。

父王との約束の一ヵ月が過ぎて、エディアルドは意気揚々《いきようよう》と王宮に戻ってきた。馬から降りると、西翼の玄関にはトウリや女官達がぞろぞろと迎えに出てくる。エディアルドはその中に最愛のルーナの姿を捜したが、どこにも見えなかった。

「ルーナはどうした？」

トウリに尋ねると、彼女は何故だかうろたえて口ごもった。

「ルーナ様は……その……」

「なんだ。はっきり言え！」

ひょっとして、病気にでもなったのかと心配になってきた。しかし、トウリの次の言葉で、エディアルドは愕然《がくぜん》とすることになる。

「ルーナ様は出ていかれました」

今、聞いたことが信じられなかった。今更、ルーナが出ていくはずがない。ずっと傍にいると約束したはずだった。エディアルドの気持ちも知っているはずなのに、まだアルマーストに帰りたかったのだろうか。

「……いつのことだ？」

エディアルドは静かな声で尋ねた。本当は怒りや悲しみやいろんな感情が、胸に渦巻いている。しかし、何かが凍りついたようになって、表面にまでは出てこなかった。

「もう二週間ほど前のことでございます。ある夜、忽然《こつぜん》と消えてしまって……」

「二週間前だと？　どうして今までそれを黙っていた？　おまえは僕に連絡する方法を知っていたはずだぞ？」

厳しい声で問い質《ただ》すと、トウリは震え上がった。

「わ、わたくしは……。でも……あの方はここにいないほうがよろしいかと」

「それは、おまえが決めることではない！」

トウリに八つ当たりするべきではないと思いながらも、エディアルドは自分の感情を抑えられなかった。

「あの方はご自分で出ていかれたのです。きっと、この王宮が嫌になったのでは……？」

「それは、きっとおまえ達が冷たいからだろうな。僕がここを出てから、おまえ達はどれだけルーナに優しくしてやったんだ？」

「わたくし達はごく常識的に接しておりました。冷たいなどということは決して……」

「それが冷たいんだ！　トウリ、おまえがルーナを追い出したんだ！」

トウリの顔色がさっと青ざめた。きっと追い出したという自覚があるに違いない。こんなところで、ルーナを一ヵ月も我慢させようなんて、とんでもない考えだったのだ。

「エディアルド様……少し落ち着かれては？」

ジェスが遠慮がちにエディアルドの腕に触れてきた。自分でも感情的になっていることは判っている。しかし、もう止められなかった。この衝動をどうしたらいいのだろう。

てっきり、帰れば、ルーナが迎えてくれると思っていた。この一ヵ月の間、彼女のことが恋しくて仕方がなかった。

ルーナの笑顔。凛《りん》とした力のある瞳。美しい声。艶やかな黒髪。たおやかで柔らかい身体。優しい指。

どれも、エディアルドが求めていたものだ。そして、一ヵ月だけ待てば、永遠に自分のものとなるのだと信じていたものだ。

エディアルドは身を翻し、王宮の中へと入っていく。そして、ルーナの部屋へと入った。

すべて、彼女がいたときのままだ。ただ、彼女だけがここにいない。

胸が張り裂けそうな絶望が襲ってきた。

彼女はもういない……！

アルマーストに帰ったのか。それとも、帰れないまま、誰かに攫われたのかもしれない。

しかし、二週間も前の足取りを摑めるだろうか。

それに……。

王子として、二度も逃げるような女を追いかけるわけにはいかない。そんなに逃げたいのなら、逃がしてやればいい。

そうだ。他にも、たくさん女はいる。

エディアルドは拳を握り締めた。そして、部屋を出ると、食堂に向かった。美しい彫刻が施されているテーブルが今となっては腹立たしい。ルーナがいなければ、このテーブルに座るべき子供も持てないということなのだ。

「誰か酒を持て！」

慌しく、女官が動き、酒とグラスを持ってくる。エディアルドは椅子に座り、酌《しゃく》もさせずに、一人でグラスに注ぎ、ぐっと呷《あお》った。

これくらいでは、とても酔えない。煮えたぎるような感情を抑えることができない。

ルーナ……どうして！　何故、逃げたんだ？

三杯目を注いだとき、エディアルドを追ってきたジェスがとうとう止めた。

「おやめください。酒に逃げるなんて、あなたらしくもない」

「僕らしいとは、どういうことなんだ？　父上との約束を果たせば、それで幸せになれると思い込んでいたことか？」

ジェスにも八つ当たりをしている。そんな自分を醜いと思いながらも、どうしても止められなかったのだ。

「どうか、落ち着いて、お考えください。彼女はどこからどうやって、出ていったというんですか？」

エディアルドは酒を口に運ぼうとしていた手を止めた。

そういえば、逃げられないようにと、この王宮に連れてきたはずだった。門には門番がいる。兵士もたくさんいるのだ。女が一人で、夜中にふらふらと出ていくのを止めない門番はいないはずだ。

「変だな……。誰か手助けした者がいたということか？」

「いたかもしれません。だが、それは後回しでいいでしょう。それより、彼女を捜しましょう」

「しかし、もう二週間も前にいなくなったんだぞ？　足取りを摑むなんて……」

「できないはずはありません。あなたはリーフェンス隊の隊長ですよ？」

そうだった。リーフェンス隊は常に隠密行動を取るが、調査は専門だと言ってもいいくらいだ。

「ルーナはやはりアルマーストに向かったのだろうか……」

「向かおうとしても、なかなか方法がありません。彼女はお金を持っていましたか？」

「いや、王宮に来てからは、必要ないと思ったから与えていないが……」

宝石は売ることができる。しかし、売れば必ず足がつくような宝石ばかりしか、ルーナには与えていない。王子たるもの、寵姫に小さな宝石を贈ったりはできなかったからだ。

「彼女の持ち物を調べてみようか」

酒をほったらかしにして、エディアルドはジェスと共に、再びルーナの部屋に向かった。

調べてみて判ったことは、ルーナは何一つ持ち出してはいないということだった。

宝石はもちろん、ルーナが前に逃亡したときに持っていたお金でさえ、残されていた。

「どういうことだろう。手助けした者が資金も渡してくれたということだろうか」

「ひょっとしたら、そういうこともあるかもしれません。しかし、アルマーストへ行くのは、やはり並大抵のことじゃない。前のときと同じように、船に乗るか、国境に向かうのか……の、どちらかです」

「あるいは、途中で誰かに拉致されて……」

黒髪の美しい女が一人で旅をするなどということは、まったくもって無謀なのだ。それを判らせたつもりだったのだが、彼女は理解していなかったのだろうか。

「とにかく、捜してみましょう。黒髪の若い女なんて、滅多にいないんですから。私とリーフェンス隊に任せてください」

「いや、僕も捜そう。僕こそがリーフェンス隊長だからね」

上手く見つからなかったときのことは考えたくない。しかしリーフェンス隊ならば、必ず足取りが掴めるはずだ。万が一、すでに国境を越えていたとしたら、それはもう仕方がない。ルーナがそこまで思いつめていたのなら、止めるすべは元からなかったということだからだ。

できれば、彼女を取り戻したい。もし、もう一度、彼女を腕に抱くことができたら、絶対に放さない。どんなに好きだと言っても逃げるのだから、それを止めるには、彼女とは結婚するしかなかった。

誰が反対しても。どんなに反対されても。

たとえ、王子という位を失ったとしても、ルーナが欲しかった。

ルシェンナは今日も朝から市場でパンを売っていた。

エレミーとその兄ネルがいつもついてきて、一緒に売ってくれた。というより、元々、この二人が市場でパンを売っていたのだ。最初は二人についていくだけだったが、ルシェンナはそのうちに自分が何をすればいいのか判るようになってきて、今では市場のパン売り娘として有名になっていた。

「ルーナ、このパンを三つくれよ」

若い男の客がやってきて、親しげに声をかけてくれる。彼は毎日、ルーナのところでパンを買ってくれるのだ。

「はい、三つで六スンです」

ネルがパンを紙に包み、ルーナに渡す。ルーナはお金を受け取りながら、パンを客に渡した。

「ありがとうございました！　また来てくださいね！」

パンを受け取った客はなかなか帰ろうとせず、ルーナの黒髪をめずらしそうに眺める。毎日、眺めているのに、まだ飽き足りないらしい。とにかく、この国の男は黒髪の女を見ると、気持ちが惹《ひ》かれてしまうようだった。

「ルーナ、よかったら、今度……」

口説かれそうになると、すかさずネルが口を挟む。

「お兄さん、次のお客さんの邪魔だよ。また今度ね」

もちろん『また今度』も、ネルは口を挟むわけだが。自分とエレミーだけでは、きっと困っただろうが、ネルがいてくれるおかげで助かっている。

黒髪が目印になっているようで、たくさんの客が来てくれているものの、あんなふうに若い男に口説かれそうになると、ルシェンナは我が身のことを考えずにはいられなかった。

ルシェンナはやはり身ごもっていた。今は体調もいいし、お腹も目立たないが、すぐに大きくなるだろう。そうなったとき、こんなには温かい目では見てくれないだろうと思うのだ。結婚もしていないのに子供ができるのは、ままあることだ。とはいえ、それが決して世間体のいい話でないことは確かだ。当然、ふしだらな娘だというふうに見られることになる。

しかし、ルシェンナは身ごもったことを後悔はしていない。エディアルドが唯一、自分に残してくれたものだからだ。他の何も自分には与えてくれなかった。一番欲しかった愛でさえも。

だとしたら、この子供はルシェンナにとって、とても大切なものとなる。絶対にいい子を産んで、育ててみせる。周りの人からどんな目で見られても。

しばらくすると、客が少なくなってきた。お昼前にまた客が増えるが、それまでは比較的、暇だった。

「ネル、エレミー。少し遊んできていいわよ。ここはわたしが見てるから」

子供をずっとここに押し込めておくのは可哀想だ。ネルとエレミーは出かけていき、ルシェンナは椅子代わりの木箱に腰かけた。腰は冷やしてはいけないと言われているので、王宮を追いだされたときに包まっていた布を切って作ったストールを腰にしっかりと巻きつける。

これでいい。秋はまだ深まっていないが、この国は寒い。アルマーストも冬はさすがに寒いが、秋に寒いと感じたことはあまりない。

露店の前から当たる太陽の光が遮《さえぎ》られて、ルシェンナは目を上げた。客が立っている。あまり綺麗な身なりではなく、旅人にも見えた。簡易な服装であるにも拘わらず、頭から布をかぶっていて、それが風に飛ばされたりしないように、紐《ひも》で頭に固定してあった。

まるで髪の色を見られたくないかのように……。

え、髪の色？

ルシェンナは目を瞠った。彼は黒髪だった。そして、その顔はルシェンナがよく見知った顔でもあった。

「……スティル！　生きていたのね！」

ルシェンナは立ち上がり、彼の顔をじっと見つめた。彼は以前より精悍《せいかん》さが増していて、たくましくなったように見えた。

「……姫。あなたこそ、よくご無事で……」

スティルは目に涙を溜めていた。上手くいくように見えた彼の計画は、最初で頓挫してしまった。あのとき、彼が追っ手に捕まらなければ、ルーナは奴隷狩りに遭うこともなかっただろう。しかし、船に乗せられていなければ、ルーナまでもが追っ手に捕まり、とっくに処刑されていたかもしれないのだ。

それを思うと、何が幸いするか判らない。もっとも、今のルシェンナの状況が幸せかどうかは、よく判らなかったが。とはいえ、処刑された他の王族や貴族に比べると、ずっと幸せと言えるかもしれない。

少なくとも、生きている。食べるものがある。住むところがある。優しく接してくれる家族のような存在がある。自分のために、誰かのために働くところもある。

お金も持たされず、着の身着のままで捨てられて、下手すれば死んでいた。死なないまでも、ルシェンナのような女が行き着く先は見えている。

ルシェンナは幸運にもそうならずに済んだ。堕《お》ちるところまで堕ちてもおかしくなかったのに、こうしてパン売り娘をやっていられる。それも、すべてサリとその家族のおかげだった。

「姫……ルシェンナ様、私はずっとあなたをお捜ししていたのです。あのとき、あの辺りに奴隷商人がいたと聞いて、もしやこの国におられるのではないかと一縷《いちる》の望みを繋いできました」

彼はわざわざルシェンナを捜して、ここまで旅してきたのだ。薄汚れ、疲れ果て、それでも望みを捨てずに。

ルシェンナはアルマーストに帰ることを、とっくの昔に諦めていたというのに。

しかも、レネシスの王子に恋をして、挙句の果てに捨てられていた。それだけならまだしも、王子の子を身ごもっているのだ。

この状況を、スティルにどう伝えたらいいだろう。自分はもうずっと前にアルマーストの再興を諦めていたのだと。

だが、告げないわけにはいかないだろう。アルマーストに帰ることさえ、もうできない。何故なら、王女だったわたしは、未婚のまま子供を産むのだから。王族として、そんなことは絶対に許されない。

それに、今から危険な旅はできない。医者から言われたのだ。働くのはいいが、無理をしないようにと。

「パン売り娘の黒髪のルーナと、この市場の周辺ではなかなかの評判になっていました。もしやと思いましたが、本当にルシェンナ様と再びお目にかかることができるとは……」

スティルは感動のあまりか、声を詰まらせた。

もちろん、スティルには自分のことを話さなくてはならない。しかし、もちろん、それは市場の露店の前ではない。

「スティル、わたしはこのパンの店でお世話になっているの。だから、仕事をしなくてはならないし、今、ここでそんなことを話すわけにはいかないわ」

スティルははっとしたように、辺りを用心深く見回した。

「……そうですね。危険です。それでは、いつ……？」

「お昼にまたお客さんがたくさん来てくれるから、その後で市場から離れたところで会いましょう。この広場の隅にある銅像の前で、待っていて」

スティルは頷いた。

「はい、必ず待っています」

彼はそれから素知らぬふりで、改めてパンを買い、そそくさと去っていった。ちらりと振り向いたその目は、ルシェンナに釘を刺しているようでもあった。決して逃げることのないようにと。

どっと疲れが出てきて、ルシェンナは木箱に腰かけ、ストールを腰に巻きつける。急に寒くなったのは気のせいだろうか。

それとも……。

何か嫌な予感がしたからかもしれない。


ルシェンナは昼過ぎに、露店をネルとエレミーに任せて、休憩のためという口実で外に出た。

ストールは髪を隠すために頭からかぶった。よくも悪くも、黒髪のルーナは目立ちすぎた。顔も知られている。スティルと会っているところは、誰にも見られたくなかった。込み入った話をしなくてはならないからだ。それを誰かに聞かれたら、困ったことになる。

銅像の前には、スティルがいた。彼を連れて、ルシェンナはもっと人目につかない狭い路地へと入り、小さな声で話し始めた。

「アルマーストは……王族はもとより貴族も大半が捕らわれて、処刑されたと聞いたわ」

「ああ、そのとおりです。残念ながら、王様と王妃様はもう……」

判っていたことだが、正確な情報を知っているだろう彼に言われると、それが本当のことなのだと、身に沁みてきた。

弱い国はこうなる運命だったとはいえ、悔しくてならない。だからといって、やはり侵攻を認めるわけにはいかない。この戦いで多くの人が死んだのだから。

スティルは更に話を続ける。

「貴族や地主が持っていた領地は召し上げられ、マーベラの王族や貴族、有力者の間で分配されることになるでしょう。いっそ、領地の取り合いで仲間割れして、戦をしてくれれば、こちらに有利になる可能性もあるのですが」

「でも、そのときには、アルマーストの国土が戦場になるわ。そこで働いている民はどうなるの？　畑を荒らされては、作物ができない。飢《う》え死にするしかなくなるわ」

王女として王宮でぬくぬくと暮らしていた頃には、考えもしなかったことだ。しかし、今なら判る。多くの人が多くの営みの中で、食べ物や生活に必要なものを作り、売り、そうして生きているのだと。

「姫は民のことまでお考えなのですね。しかし、国は取り戻さなくてはなりません。お父上、お母上のご遺志であられるのですから」

スティルは変わらぬ決意があるようだった。しかし、ルシェンナは変わってしまった。今は日々の暮らしと、お腹の子供のことしか考えられない。エディアルドのことはよく思い出すが、思い出すほど、悲しくなるだけだから、あまり考えないようにしていた。

「スティルが兵士に捕まってからのことを話してくれないかしら」

「私はあのとき拷問を受けました」

ルシェンナははっとして、スティルの顔を見た。顔にはかすかな傷があるくらいだが、身体は違うのだろうか。

「ご心配なく。縛られて、鞭《むち》で打たれた程度です。彼らは王女を捜すより、民家を襲って、好き放題するほうが楽しいことに気がついたから、私はその隙に逃げることができました」

彼が鞭で打たれたことも、民家が襲われたことも、どちらも惨いことだ。ルシェンナはそこから目を背けたかったが、できなかった。罪もなき人々がそうやって苦しんだのだ。

「わたしも……鞭で打たれたわ。奴隷商人に」

「ああ、姫様……！　でも、結局、奴隷商人からは逃げられたのでしょう？」

「船に乗せられて、この国に連れてこられたの。奴隷市が開かれて、わたしは買われたわ。

でも、彼はわたしを救ってくれたのよ。奴隷市を取り締まるために、国から命じられた人だったから」

スティルは眉を寄せて、ルシェンナの話を聞いていた。これから先のことを聞けば、スティルはもう二度とルシェンナのことを今のように『姫様』とは呼んでくれなくなるかもしれない。

しかし、黙っていてはいけないのだ。どうして、アルマーストに戻れないのか、理由を説明しなくてはならない。長い旅をして、ここまで自分を捜そうとしてくれたスティルに対して、少しでもその忠誠に報いたかった。

「わたし……彼の世話になったの」

「どういうことです？　世話になったとは？　まさか……」

「か、彼の愛妾になったのよ」

それを聞いた途端、スティルの目が細められて、鋭くなった。その眼差しはルシェンナの胸の奥まで突き刺すようだった。

「その男があなたを……あなたを穢《けが》したのですか？」

「彼はわたしが欲しかったのよ。だから、愛妾になれと言った。でも……わたしも彼のことが……」

なるべく正直な気持ちを話そうとして、口ごもっていると、スティルはそれを強い口調で遮った。

「なんてことだ！　逃げることはできなかったのですか？」

「隙《すき》を見て、逃げたわ。だけど、船に乗る前に、捕まってしまったの。彼はわたしを放したくないと言い……。わたしは……わたしはいつの間にか彼に恋をしていて、それに、女一人ではとてもアルマーストまで無事に帰ることはできないって……」

「恋？　恋ですって？　ルシェンナ様、あなたはアルマーストの王女なんですよ！　恋だの愛だのにかまけて、義務を忘れたのですか？　王妃様と交わした約束は？　誓いは？　その男のせいで、故郷のことは忘れたのですか？」

そんなふうに非難されることは判っていた。しかし、どうしても、もう帰ることはできないのだ。

「アルマーストはもうないわ。わたしは元王女よ。今更、帰っても、捕まって処刑されるだけ。それに、捕まらなかったとしても、どうなると言うの？　もう国を再興することはできないわ。混乱していた時期なら、望みはあったかもしれない。でも、今は……」

あのときなら、まだ兵士は散らばってしまっていたが、残っていた。だから、集めれば、貴族や地方の領主や裕福な商人の援助を受けて、なんとかできたかもしれない。

しかし、ルシェンナが奴隷として船に乗せられていた間に、もう完全に雌雄《しゆう》は決していたのだ。それでも、故郷に戻ろうとしていたこともあったが、それは無謀な賭けでしかなかった。アルマーストに着くまでに、自分は大変な目に遭っていただろう。

「確かに貴族はもうほとんど残っていません。しかし、農民の中にも、自分達の土地が荒らされて、不満に思っている者が大勢います。ルシェンナ様が皆の旗印となって、彼らを説き伏せれば、彼らもきっと戦うはずです」

「農民が戦いに？　いいえ、彼らが願っているのは、一刻も早く元のように畑に作物を育てられるようになることです。そして、そのためには、必ずしも『アルマースト』という国が存在しなくてもいいはず。国を取り戻すことより、彼らは早く混乱が収まり、元の暮らしを始めたいだけです」

もちろん、アルマーストという国がなくなったことに対して、ルシェンナはいろんな想いがある。とても悲しいし、敵に屈したことに悔しさもある。何より国の王女としての責任も感じる。自分達王族が上手く統治できなかったせいで、民を苦しめる結果となったのだから。

しかし、だからこそ、もうこれ以上の混乱で彼らを巻き込みたくない。彼らはただ静かな自分達の生活ができればいいだけだ。

それに、今更戻ったとしても、兵を集めることは難しい。やはり捕らえられて処刑されるという可能性が一番高かった。

もちろん、ルシェンナはもうそんな道を選ぶことはできない。永遠に、この国で生きて行くかどうかは判らないが、恐らくもうアルマーストに戻ることはないだろう。

わたしには守るべき別のものができたから。

それは、両親への誓いより、もっと大事なものだ。

「姫様、やはりあなたは国に戻るべきです。まず戻ってみなくては、国の様子も民の様子も、判らないではありませんか。すべて、この私に任せてください。あなたの身も心も、未来でさえも、私が必ずや守ってみせます」

　スティルはルシェンナの手を取り、熱く語った。まるでこのまま連れ去られてしまうような気がして、ルシェンナは思わず彼の手を振り払った。

「姫様……？　私はあなたの味方ですよ。あなたが愛妾に身を落としたのは、私の責任でもあるわけです。ですから、もう責めたりしません。恋や愛は気の迷いです。だから、今はこうして市場でパンを売るような羽目になったんでしょう？」

　確かに、エディアルドにとっては気の迷いだったかもしれない。しかし、ルシェンナは違っていた。

「スティル、わたしは……もう帰れないわ」

「そんなことはない。あなたはアルマーストにいるべきお方。どうか、私と一緒に帰ってください」

　スティルが近づいてくるので、ルシェンナは一歩、また一歩と後ろに下がった。なんだか怖い。彼は目をぎらぎらさせていて、もう普通の人ではないようだった。アルマーストの再興という夢に取り憑《つ》かれた亡者のようにも見える。

　ルシェンナを捜して、彼は苦難の旅をしていたのだろう。彼の頭の中には、ルシェンナを連れ帰ることだけしかないようだった。

そうだ。このままでは、彼はどんな手でも使うだろう。

ルシェンナは縛り上げられて、王宮から連れ去られたときのことを思い出した。奴隷狩りに捕まったときもそうだった。力の弱い女は、男がこうと思ったら、太刀打ちできないのだ。

ルシェンナは後ろに下がっていたが、手首を摑まれ、ぐいと引き寄せられた。

「帰りましょう、姫様」

「わたし……わたしは身ごもっているのよ。もう帰れないわ」

途端に、スティルはカッと目を見開き、ルシェンナを突き飛ばした。ルシェンナはつまずき、地面に転がった。彼は物凄い形相《ぎょうそう》で、ルシェンナを睨《にら》みつけている。

「あなたは……身を穢しただけではなく、子供まで！」

ルシェンナは彼の剣幕が恐ろしかったが、腰が抜けたように立てなかった。逃げなければならない。彼は常軌《じょうき》を逸している。

「仕方ない。流してしまいましょう」

「絶対にいやっ！」

死んでも、そんなことはできない。

ルシェンナは力を振り絞って、建物の壁にすがりながら、立ち上がった。脚が震えるが、逃げなくてはならない。そうしなければ、自分だけでなく、お腹の子供まで傷つけられてしまう。

「もう、やめて、スティル。わたしのことは忘れて」

「忘れられるはずはないでしょう？　私はあなたのことをずっとお慕いしていたのに」

そんなことは知らなかった。彼がそんな気持ちを抱いていることなんて、まったく気づかなかったのだ。

だから、はるばるレネシスの王都までやってきたのだ。アルマーストの再興など、彼にとっては、本当はどうでもいいことなのかもしれない。それはルシェンナを手に入れるための口実なのだ。

ひょっとしたら、彼はルシェンナもアルマーストの王位も手に入れたいのかもしれなかったが。

スティルは腰に差していた長剣を引き抜いた。

「やめて……！」

彼はそれをルシェンナに突きつける。

「あなたは国を……私の気持ちを裏切った。私とアルマーストに帰るか、それとも、そのお腹の子もろとも死んでしまうのか、どちらかを選ぶがいい！」

どちらを選んでも、結局は死ぬことになる。彼と一緒に行くことを選べば、途中で逃げられるかもしれない。しかし、彼と一緒にいれば、お腹の子供が無事でいられるかどうか判らない。彼の様子を見ていると、何か暴力的なことをされないとも限らない。

どちらも選べない……。

どうすればいいの？　どう答えれば、この子を守れるの？

「返答がないのなら……」

スティルは長剣を振りかざした。ルシェンナは思わず建物の壁にすがり、お腹を庇《かば》うように、彼に背中を向けた。

背中が斬りつけられる痛みを想像したが、それはやってこなかった。

「何をする！　放せ！」

スティルの上擦った声が聞こえてきて、誰かと格闘しているような様子が判る。ルシェンナは恐る恐るそちらに目をやった。

スティルの腕を後ろから押さえつけていたのは、エディアルドだった。

ルシェンナは我が目を疑った。幻が見えているのかと思ったくらいだ。それとも、これは夢の中の出来事だったのだろうか、と。

いいえ……そうじゃないわ。これは現実よ。

エディアルドは確かにそこにいた。スティルの腕を捻じ曲げると、剣が地面に落ちる。エディアルドはそれを蹴って、スティルから遠ざけた。

そのときになって、やっとエディアルドはルシェンナのほうを見た。

「無事か？」

「……ええ。ありがとう」

彼の眼差しは怒りに燃えていたが、それが誰に対してのものか判らなかった。スティルに対してのものなのか。それとも、ルシェンナに向けているものなのか。

けれども、ルシェンナは彼に怒りを向けられる理由はないと思った。そもそも、彼がここにいること自体、不思議でならなかった。捨てた愛妾のことなど、彼にとってはどうでもいいのではないのだろうか。

「あなたはどうしてここに？」

「どうしてだって？　決まっているだろう！」

吠えるように言われて、ルシェンナは戸惑うばかりだった。その隙に、スティルはエディアルドの手を振り切り、そのまま逃げ去っていった。

「あいつ……！」

後を追おうとしたエディアルドを引き止める。

「やめて。……あの人は悪くないの。約束を破ったわたしが悪いの」

「お腹の子もろとも殺すと言われたのにか？」

彼に話の内容を聞かれていたのだ。ルシェンナは凍りついた。エディアルドはまるでルシェンナを憎むような眼差しで見つめてきている。

「ど、どこから聞いていたの？」

「あいつが、国に帰るか死ぬかどっちか選べと言っているところからだ」

それなら、ルシェンナが王女だということを聞いてはいないだろう。ほっとしたものの、彼が怒り狂っていることに、すぐに気がついた。

「まだ君が王都にいるかもしれないと、捜していたんだ。パン売り娘の黒髪のルーナって、市場に出入りする者達の間で有名だったたんだな。噂を聞いたよ。遠目にやっと君を見つけたと思ったのに、すぐに見失ってしまって……。ジェスと捜していたら、偶然にも、ちょうど君が脅かされていたところに出くわしたというわけだ」

どうして彼がわざわざルシェンナを捜していたのか知らないが、捜してくれたおかげで、助けてもらえたのだ。そのことに関しては、感謝してもしきれないくらいだ。本当に危機一髪だったのだから。

それにしても、スティルがあんなに恐ろしいことをするとは思わなかった。エディアルドが止めなかったら、やはり斬りつけられていただろう。

「ルーナ……身ごもったのに、僕に知らせようとも思わなかったのか？」

エディアルドが怒っているのは、そのことだったのか。ルシェンナは彼に知ってもらいたいという気持ちは持っていたが、実際に知らせようとは思わなかった。あの手紙のことで、ルシェンナはまだ傷ついていたし、彼に子供を取られるような危険を冒すわけにもいかなかったのだ。

それに……。

彼の本意ではなかったかもしれないが、あんな捨て方をしたのに、ルシェンナが身ごもったことを喜ぶはずがないとも思ったのだ。

知りたくないことを、わざわざ知らせる必要はないだろう。それに、あの二人の兵士には言われていたのだ。王宮に近づいても、入れないし、投獄されるかもしれないと。そこまで徹底的に排除されるほど、自分に興味を失ったのなら、やはり子供は自分で育てたほうがいいと考えるしかなかった。

「どうなんだ？　身ごもったまま、アルマーストに帰るつもりだったのか？」

ルシェンナは首を振った。

「いいえ。帰るつもりはなかった。帰れなかったのよ、もう……」

あの夜、あの店の前で寝込んだときのことを思い出し、ルシェンナは唇を噛んだ。あのときの悲しく絶望的な気持ちが甦ってくる。お金も持たされず、着るものも他になく、自分の身体をぐるぐる巻きにした布だけが、自分の持ち物だった。

ルシェンナはストールにした布を握り締めた。

でも、この布があったから、まだよかった。これがなければ、お腹の子は流れてしまっていたかもしれない。

「ルーナ……」

エディアルドはルシェンナを引き寄せて、自分の胸にそっと抱いた。以前の強引な態度とは違い、遠慮がちな仕草だった。それがまた悲しくて、涙が出てきてしまう。

わたしはまだ彼が好き。

あんな仕打ちを受けたのに、まだ自分の心は彼に残していた。今、それがはっきりと判る。

懐かしい顔。懐かしい声。懐かしい眼差し。懐かしい温もり……。

そして、懐かしい身体。愛しさが胸に溢れてくる。

ルシェンナは全身全霊で彼のことを愛していた。だから、あんな捨てられ方をしても、まだこんな気持ちを持っているのだ。

もう、エディアルドはわたしのものじゃないのに。

いいえ、わたしのものだったことなんて、本当は一度もないのに。

ずっとこの腕の中にいたい。彼の胸に顔を伏せて、ずっと泣いていたい。髪を撫でられ、安らぐ時間がもっと続いてほしい。

「ルーナ……。身ごもった以上、王宮に戻ってほしい」

ルシェンナの身体が震えた。

今更、呼び戻すというのだろうか。だとしたら、彼があの手紙に書いたことは、やはり嘘だったのだろう。他に好きな女ができて、王宮に連れ込むから、ルシェンナがいると邪魔だという話は嘘で、本当はやはり結婚するつもりだったのか。

それなら、やはりルシェンナが王宮にいては、邪魔なのではないだろうか。

しかし、ここでもし彼の申し出を断ったらどうなるだろう。赤ん坊だけ取り上げられてしまわないだろうか。いや、王宮にいたとしても、それは心配だった。

エディアルドの気がいつ変わるか判らない。いつ、あんな手紙だけで追い出されるかも判らないのだ。考えてみると、恐ろしい。そして、追い出しておいて、今度は捜しているのだ。ルシェンナにしてみれば、まったく意味不明な行動だった。

彼を愛しているのに、彼のことが信用できない。どうしたらいいだろう。どうすれば、みんな丸く収まるのだろうか。

ルシェンナはずっとこの街にいたいが、そのうちお腹が大きくなれば、周囲から冷たい目で見られるだろうし、居たたまれないことになるのは判っている。サリにも迷惑をかけるかもしれない。

それに、ルシェンナだって、可能ならば、本当はエディアルドの傍にいたい。自分が産むのは、彼の子供だ。可愛い赤ん坊なのだ。やはり、父親であるエディアルドにも、赤ん坊を抱き上げてほしかった。

けれども、王宮に戻るのは、恐ろしすぎた。嫌な思い出ばかりが大きすぎる。

「わたし……エディックのお屋敷に戻りたい……」

「王宮は嫌いか？」

「好きじゃない。みんな……冷たかった。お金なんかあまりなくても、心の温かい人達はたくさんいるのに……。あの人達はみんな冷たかった」

サリは優しかった。メリルも優しかった。あのドンナの店の女将も、仕立て屋の女主人も、温かい心を持って、接してくれた。

メリルに会いたい。クルスに会いたい。

懐かしい想いが溢れてきて、ルシェンナはまた涙を流した。今日は何故だか涙が止まらない。

「判った。だが、一度だけ王宮に戻ってくれ。用事が済んだら、屋敷に連れていこう」

「ええ、でも、その前にサリに挨拶をしないと」

「サリとは？」

「わたしを拾って、世話をしてくれた人。仕事をくれて、いろいろ教えてくれた人」

彼女がいなかったら、きっとわたしは死んでいた。

ルシェンナは彼女と別れたくなかったが、それは仕方がない。結局のところ、どんなものでも、エディアルドにはかなわない。量りにかけたら、アルマーストより、エディアルドのほうがルシェンナにとって重いのだ。

「僕もその彼女に感謝しなくては」

エディアルドは何故だかそんなことを呟いていた。

第七章　王宮にて

エディアルドと共に市場に戻ると、ジェスと合流した。ジェスは非難めいた眼差《まなざ》しを向けてきたが、何も言わなかった。エディアルドの前では言わないだけで、別のところでは何か文句をつけられ、責められそうだった。

市場の露店をネルとエレミーに任せて、ルシェンナは彼らと共に、サリの店へと向かった。エディアルドがルシェンナを連れて帰ることを告げると、サリは彼のことを凄い形相《ぎょうそう》で睨みつけてきた。

「ルーナを迎えに来たのなら、もうとやかく言わないけど、幸せにしてあげるんだよ！　寒い夜に女一人で街をうろつく羽目になんかさせるんじゃないよ！」

「もちろんです。ルーナはあなたに出会えて、運がよかった。心から感謝します」

エディアルドに感謝されて、サリは驚いたように目をしばたたかせた。だが、すぐに鷹《おう》揚《よう》に頷いてみせる。そして、ルシェンナのほうを向いて、ふくよかな身体で抱擁《ほうよう》した。

「あんたのことが大好きだけど、元々、あんたはここにいるべき人じゃないからね。でも、何かあったら、すぐにここに戻っておいで。あたしはいつでも力になるよ」

彼女は誰にでも親切だが、ルシェンナには特別そうだったように思う。恐らく、身ごっていたからだろうが、ルシェンナの気分が悪くて仕事ができないときでも、いつも優しくしてくれた。

「本当にありがとう。あなたがいてくれたから、わたしもお腹の赤ちゃんも無事でいられたんだわ」

しかも、ルシェンナにいろいろ仕事をすることを教えてくれた。今まで何ひとつ労働をしたことがなく、台所仕事にしても、エレミー以上に不器用な手つきだったのに、辛抱強くそれに付き合ってくれたのだ。

まるで、お母様みたいな人。

本当の母は一国の王妃で、台所仕事などしないし、いつも上品に綺麗なドレスを身にまとっていたが、ルシェンナにとってサリは母親のような優しさを持つ人だったのだ。

ルシェンナは布のストールだけを持って、サリの店を出た。

「その布は大事なものなのか？　見たことのある模様だが」

「これがわたしの命を救ったのよ。見たことがあるのは、この布がわたしのベッドにかけてあった布だからでしょう」

エディアルドは奇妙な顔をして黙り込んだ。きっと、どうしてベッドの掛け布が命を救うことになったのか、意味が判らないからだろう。まさか、あの二人の兵士がこの布でルシェンナをぐるぐる巻きにして、王宮の外に連れ出したことなど、報告されていないのだろうから。

けれども、あの二人のしたことを、いちいちここで言おうとは思わなかった。言っても、恨み言にしかならない。それに、エディアルドがそこまでの指示を出していなかったら、あの兵士達が彼の怒りを買うかもしれない。よく判らないが、彼の部下としてちゃんと働いているなら、任務とは別のことで糾弾《きゅうだん》されては可哀想な気もした。

わたしはお人よしなのかしらね。

サリに時々そう言われていたが、サリのほうがルシェンナの何倍もお人よしだった。

待機していた馬車に乗せられ、ルシェンナは王宮へと向かった。向かい合わせに座ったエディアルドは外を眺めたりして、こちらには話しかけなかった。赤ん坊のことが気になるのか、ちらちらとルシェンナのお腹に目をやるものの、黙り込んでいた。

彼はやはりもうルシェンナに飽きているのだろう。それなのに、どうしてわざわざ捜しにきたのか、さっぱり判らないが、何か理由があったのかもしれない。

どんな理由……？

彼は『決まっているだろう』と言ったが、ルシェンナには心当たりがなかった。訊いてみたいが、こんなに素っ気なくされていると、なかなかこちらから話しかけづらい。

いずれにしても、お腹の子供のことは大事に思ってくれているようだ。そのことだけでも、ルシェンナはほっとした。自分の子供のことも気にかけない人ではなかったのだと判ったからだ。

馬車はやがて王宮の門の中へと入っていく。王子と一緒なら、もちろん門番の兵士に咎《とが》められるはずもない。エディアルドが住居としている西翼の玄関に着き、ルシェンナは彼に手を取られて、馬車から降りた。

いつものようにエディアルドが戻ると、玄関に女官が勢揃いをする。トウリはルシェンナの顔を見て、何故だか視線を逸らした。お払い箱になった寵姫《ちょうき》とは目も合わせたくないということだろうか。それとも、ルシエンナが粗末な服を身につけていたからだろうか。

しかし、ルシェンナは平気だった。トウリにはもう何も求めていない。屋敷に住むことをエディアルドが約束してくれたからだ。メリルやクルスに早く会いたい。ルシェンナの頭の中にはそれしかなかった。

「まず湯浴みして、着替えてもらおう。それから、ほんの少し時間を取らせるが、それが終わったら、屋敷まで送っていこう」

ルシェンナは頷いた。彼は約束を守ってくれるだろう。ルシェンナは彼にも他のことは求めていなかった。子どもは愛してほしいが、もう自分のことはいい。彼はきっと関心などないのだろうと、諦めていた。

元の部屋に戻ると、胸が痛んだ。あの手紙を読んだのは、ここだった。エディアルドは今も、他に好きな人ができたとは口に出して言っていない。あれは口実だったのか。それとも……。

こうして連れ帰ったのなら、はっきり説明してくれればいいのに。何を聞いても傷つかないとは言わないが、真実を知りたい気持ちはある。

ルシェンナはエディアルドに言われたとおりに、湯浴みして、綺麗なドレスを着た。そして、居間に向かうと、そこにエディアルドとジェスがいた。二人は厳しい顔で何か話していたようだが、ルシェンナが現れると、話をやめる。

エディアルドは立ち上がり、ルシェンナの手を取った。

「綺麗だ、ルーナ。サリが言ったとおり、やはり君は市場ではなく、こういう場所にいるべき人なんだよ」

ここから追い出したのは、あなたなのに……？

悲しい気持ちになりながらも、彼に従って、王宮の中を移動した。彼はどこに連れていこうとしているのだろうか。しずしずと歩いていると、廊下で出会った多くの女官や、警護をしている兵士などが頭を下げる。ルシェンナはアルマーストの王宮で、こんな場面には慣れていた。だが、それでも、ここよりメリルのいる屋敷に帰りたかった。

もう、何もかもたくさん！

寵姫という立場だから、軽んじられるのだ。エディアルドの花嫁となる女性の邪魔になると見られているから、冷たくされる。

すべて、わたしが望んだことではないのに。

ルシェンナはエディアルドに促されて、開いた扉の中へと入った。そこは大広間となっていて、向こうの壁の前には玉座があった。

そして、玉座に座る男性と、その傍らに座る女性がいて……。

玉座に座るのは、国王ただ一人と決まっている。つまり、ここにいるのは、エディアルドの両親だった。

「お待たせしました、父上」

「話があるということだったが……。おまえが連れているのは、まさかあの寵姫ではないだろうな？　確か、この王宮を出ていったと聞いたが」

ルシェンナは眉をひそめた。自分の意志で出ていったように聞こえたからだ。

「はい、僕の寵姫のルーナです。お腹に僕の子がいます」

「なんだと？」

王が玉座から身を乗り出した。だが、それより、王妃の反応のほうが、大きかった。

「ルーナ？　いいえ、あなた、ルーナじゃないわね？」

王妃は椅子から立ち上がると、傍に近づいてきた。視線はまっすぐルシェンナの顔に向けられている。

真剣な表情で、真正面からじっと顔を見つめられて、ルシェンナは戸惑っていた。もちろん、隣に立っているエディアルドも同じだ。

「母上、一体何を……？」

「あなたは黙っていなさい！　ああ……絶対そうよね。間違いないわ」

王妃は突然、ルシェンナの手を両手で包んで、話しかけてきた。

「あなた……ルシェンナよね？　ルシェンナ姫。お母様にそっくりだもの」

ルシェンナは驚きのあまり、一瞬、口が利けなかった。

「……母をご存じだったのですか？」

「ええ。アルマーストには一度だけ訪問したことがあるの。あなたはまだ小さかったから、会ったのもきっと覚えていないのね。確か四歳だったかしら。小さくて可愛くて、お人形さんみたいで、あなたのお母様が羨ましかった」

「ルシェンナ姫だって？　そんなまさか！」

王も玉座から下りてきて、ルシェンナに近づいてきた。顔をまじまじと見つめると、厳しかった表情が崩れて、優しいものとなった。

「なんと……！　あのときの姫がこんなに大きくなっていたのか……！」

ルシェンナにはまったく記憶がないが、王もまた自分のことを覚えていたらしい。

「本当に、あの小さかった姫が……」

王妃はそう言うと、不意に声を詰まらせて涙ぐんだ。

「アルマーストのことは、本当にお気の毒だったわ。……でも、まさか、あなたが生き延びていて、この国にいたなんて……！」

ルシェンナにしても、まさかエディアルドの両親であるレネシスの国王と王妃が、自分のことを知っているとは思わなかった。そして、顔を見ただけで、すぐに素性が見破られるとも思っていなかった。

エディアルドは事の成り行きに呆然としているようだった。

「ルシェンナ姫？　アルマーストの……？　ひょっとして、君はアルマーストの王女だったのか？」

王妃は呆れたようにエディアルドを見やった。

「まあ、あなたは自分の子を宿した女性が王女であることにも、気づかなかったの？」

「ずっと貴族の姫だと思っていました。名前も素性も……僕にはまったく語ってくれませんでしたから！」

エディアルドはかなり気分を害しているようだった。もちろん、知られたら、こういう結果になることは判っていた。けれども、自分から告白しなければ、彼にばれるはずがないと思っていたのだ。自分の素性を知っている人間がいる可能性を考えないわけではなかったが、それが彼の両親では否定のしようがない。

それに、否定して、どうなるだろう。ルシェンナはエディアルドとの仲が、前のようになるとは、もう思っていなかった。ただ、自分はあの屋敷で静かに暮らしていけたらいい。それだけで幸せだと思っていたのだ。

王妃はまだエディアルドを非難している。

「しかも、あなた、ルシェンナ姫に会ったことがあるじゃないの」

えっ……？

ルシェンナは大きく目を見開いて、不機嫌そうなエディアルドを見つめた。

「本当に？　わたし達、会ったことがあるの？」

エディアルドは渋々、頷《うなず》いた。

「子供の頃の話だ。君は覚えてないだろうね、おちび姫」

その呼び方！

覚えがある。薄っすらとした記憶の中の、金髪で青い目の王子様だ。彼はレネシスの王子だったのだ。つまり、ルシェンナの初恋の相手だったのに、今まで知らずにいたのだ。

「しかし、すでに身ごもっていたとはな……。そうか。私に孫ができたのか。黒髪の孫だといいな」

王は相好を崩して、王妃を見た。王妃もまた王を見て、にこにこ笑った。

「可愛い女の子がいいわね。姫が欲しかったのに、王子ばかり生まれてしまって」

お腹の子供の誕生が楽しみにされているようで、ルシェンナはほっとした。いきなりここに連れてこられて、寵姫として紹介され、どんなことになるのか不安だったが、少なくともルシェンナの存在を責められることはないようだった。

王はエディアルドのほうに機嫌のよさそうな顔を向けた。

「エディアルド、おまえには他の縁談など不要だな。早速、ルシェンナ姫を娶《めと》るがいい。なるべく早くにな」

今度はエディアルドのほうが呆れ顔になる。

「父上……！　僕の寵姫がアルマーストの王女だったと判ると、急に態度を変えるのですか？　寵姫を王宮に住まわせることすら反対だったのに」

「それがおまえの望みなのだろう？　それなら、いいではないか。おまえだって知っているだろう。小さかったルシェンナ姫がどれほど私と妃の心を和ませたことか。それに、アルマースト国王夫妻とは、特別な親交があったのだ。彼らの忘れ形見を粗末にはしない。まして、孫がすでにいるとなれば、すぐに結婚するしかないだろう」

「しかし……。外交的には問題があります。ルーナとしてならともかくとして、ルシェンナ姫を娶るとなると、マーベラを刺激することにはなりませんか？」

ルシェンナもそれは心配だった。エディアルドと結婚できるなら、そのほうがいい。彼の心はもう取り戻せないかもしれないが、少なくとも彼は子供のことを喜んでくれたのだ。子供のためにも……いや、自分のためにも結婚はしたかった。

しかし、二人の結婚が外交問題になるならば、話は別だ。アルマーストの王女を娶ると、レネシスになんらかの野心ありと見られるかもしれない。

「幸いにして、おまえは第三王子だ。派手な結婚式を挙げて、周囲に広く知らせる必要がない。その情報が他国に知られたところで、おまえ達が王宮を去って、政治と関わりのないところへ行けばよいのだ。『エディック』に与えた領地をおまえの領地とする。あの屋敷で二人仲良く暮らすがいい。どのみち、おまえの兄が即位すれば、そうすることになっていたからな」

「それでは、エディック・リーフェンスは……」

「闇に消える。リーフェンス隊の隊長にはジェスを任命する。しかし、リーフェンス隊はおまえの指揮下に置く。危険な隠密活動はそろそろ部下に任せる頃合だろう。妻と子ができて、おまえもさすがに落ち着いただろうから」

エディアルドは苦虫を噛み潰したような顔になった。

「……まだ妻も子もいませんよ」

「すぐに結婚式を挙げる準備をする。今度ばかりは、おまえも嫌とは言うまい」

「判りましたよ。元々、今日ここへ彼女を連れてきたのは、父上に結婚の許しをもらうためでしたから」

ルシェンナはエディアルドの言葉に驚いた。彼がそんなことを考えていたとは、まったく知らなかったからだ。彼はきっとルシエンナが身ごもったことを知らせ、二人の情に訴えて、許しを得るつもりだったのだろう。

とはいえ、ルシェンナがただのルーナだったとしたら、やはり許しはもらえなかっただろうと思うのだ。

王妃はルシェンナの腕に優しく手をかけた。

「結婚式まで、ルシェンナ姫はわたしが預かるわ。今更かもしれないけど、式までは別々に暮らさなくては」

エディアルドはルシェンナのほうを見た。だが、優しげな眼差しはまったく消えていて、馬車の中で黙り込んでいたときより更に、冷たい印象だった。

ルシェンナが素性を隠していたことを、彼はまだ怒っているのだ。だが、彼のほうも、容易く心変わりするような男だったのだから、それほどルシェンナを責められるような立場でもないだろうと思う。

「ルシェンナ姫、君は嫌かもしれないが、こうなったら僕と結婚してもらうよ」

エディアルドの言葉は、プロポーズなのだろうか。ルシェンナは自分の未来が決して薔薇色ではないことに気づかされ、心が砕け散るような気がした。

幼い頃、彼と結婚したかった。いつまでも自分の傍にいてほしかったからだ。初恋がかなったのに、今は悲しかった。

愛する人と結婚して、あの屋敷で暮らせて、子供が生まれるのだから、本当は幸せになれるはずなのに。

「わたしは嫌だなんて……」

「悪いが、君の言うことをどこまで信じていいのか判らない。いや、君は言わないことのほうが多かったからね。嘘とだんまりは違う。そういうことだろう？」

王妃は我慢ができなくなったのか、横から口を挟んできた。

「エディアルド！　あなたの態度には我慢がならないわ！　姫のお腹には赤ちゃんがいるのよ。どうして、もっと優しくできないの？」

エディアルドの視線がルシェンナの腹部に注がれ、瞳の光が揺らいだ。そして、傷ついたような目で、ルシェンナを見る。

「……ごめん。僕は……しばらく頭を冷やしてくるよ。母上が世話をしてくれるなら安心だから」

エディアルドは王に頭を下げると、踵《きびす》を返して退室した。

ルシェンナはすがるような眼差しで彼を見つめたのだが、一度も振り向いてもらえなかった。

「困ったものだな……」

王が呟いた。王妃も同じように呟く。

「そうね。困ったわね」

王妃はルシェンナの不安げな表情に目を留めると、大げさなほどに笑顔を作った。

「エディアルドのことは大丈夫よ。すぐに仲直りができるから。それより、あなたがどうやってレネシスまで来て、あの子と出会ったのか、教えてもらいたいわ。さあ、わたしのサロンにいらっしゃい。結婚式の話もしましょうね」

ルシェンナはまだ結婚式のことまで考えられなかったが、王妃が気を遣ってくれているのは判るので、おずおずと微笑みを返した。

運命が目まぐるしく変わっていく。ルシェンナの未来はいずれ薔薇色に変化するのだろうか。

そうなると信じたい。信じなければ、生きていけないから。

どんなに冷たい目で見られようとも、ルシェンナはやはりエディアルドのことが好きだった。

エディアルドは自分の住まいである西翼に帰ると、自分の私室にジェスを呼び、彼にすべてを話した。そして、酒をぐいと呷る。飲まなくては、とてもやっていられない。そんな気分だった。

「これですべて、あなたの望みどおりになったじゃありませんか」

ジェスの言葉に、エディアルドは苛立たしい気持ちになった。

「すべてじゃない。一番大事なものが僕のものになっていない。ルーナは……いや、ルシエンナ姫は僕に正体を明かさなかった。まるっきり、信用もされていなかったんだ。それなら、逃げられるのも当たり前だよな」

エディアルドは自嘲《じちよう》気味に笑い、また酒を飲む。ジェスはそんな自分を軽蔑するような目で見た。

「いい加減にしてください。子供じゃあるまいし。欲しいのは姫の心、ですか？　馬鹿馬鹿しい。結婚して、子が生まれれば、姫も変わりますよ。必ず、あなたを信頼するようになります」

「必ず？　そんな保証がどこにあると言うんだ？　僕はすでに二度も逃げられたんだ！」

ふと、ジェスは真顔になった。

「そう。それなんですけど、少しおかしいと思いませんか?」

「何がおかしいんだ?」

「彼女が大事に持っていた布切れのことですよ。他の何も持ち出していないのに、どうしてベッドの掛け布を持って逃げたんです?」

「ああ、あれか……。あれは確かに僕もおかしいと思ったんだ」

しかし、どう考えても、理由が判らなかった。尋ねてみたほうが早いと思いつつも、ルシェンナの頑なな表情を見たら、何も訊けなくなっていた。

「しかも、あれが彼女の命を救ったと言っていたんですよ。恐らく、夜の寒さから、あの布が役立ったという意味だと思うんです。でも、彼女はもっと温かな防寒着を持っていたはずですよね?」

エディアルドは頷いた。彼女がここから着て出たのは、部屋着だった。そして、ベッドの掛け布を剝がして持っていった。

逃亡するのに、普通、そんな格好で出かけるだろうか。

「それに、彼女はアルマーストに向かわずに王都に留まり、かといって王宮に戻ることもなく、何故だかパン屋の世話になり、市場でパンを売っていた」

「それは……彼女が身ごもったと判ったから……」

一度逃げ出した王宮には、もう戻れないと思ったのだろうか。そんなことはあるはずがない。彼女のことが大切だと、あれほど言い聞かせたのに、やはり信じられていなかったのだろうか。

「それから、もうひとつおかしいところがあります。彼女は王宮の中の人間を嫌っていた。冷たい人ばかりだと言っていた。誰かの協力がなければ、誰にも見咎《みとが》められずに、王宮の外には出られないはずなんです。一体、誰が彼女に協力したと言うんです？」

「確かに、おかしなところだらけだ。彼女はもしかして誰かに無理やりここから連れ出された……？」

「でも、彼女は一言も、そんなことは言ってないんですよね」

「いや、言わなかったが、話が噛み合わないところもあった。本人に訊けば、判るのかもしれないが……」

肝心の本人は自分の母の許にいる。今頃、母の客人として丁重に扱われているはずだ。

それにしても、ルーナがルシェンナ王女だったなんて……！

やはり、秘密を打ち明けてくれなかったことを思うと、胸が痛くなってくる。彼女はエディックが王子だと聞いたとき、どういう気持ちだったのだろう。せめて、あのとき打ち明けてほしかった。

「彼女に訊いても、また本当のことを言ってくれないかもしれないと思うとね。僕はそんなに信用できないように見えるんだろうか」

「だいたい、手を出すのが早すぎたんですよ。しかも、無理やり愛妾にしたじゃありませんか」

確かに、信用できなくなる理由は、自分にあるようだった。今思えば、彼女がどんなにアルマーストに帰らなければいけないと思っていたのか判る。身を穢《けが》すわけにはいかないと、繰り返していたことも。

エディアルドは自分の欲望のために、彼女の希望を踏み躙《にじ》ったのだ。もちろん、彼女も応えてくれたのだし、それほど無理やりというわけではなかったと思うが。

エディアルドは溜息をつき、グラスをテーブルの上に置いた。すっかり酒を飲む気がなくなった。ジェスはこうやって、エディアルドからいつも酒を遠ざけることに成功している。

まさしく、彼はリーフェンス隊の隊長としてふさわしい。これほど、主人であるエディアルドを上手くコントロールできるのだから。

「僕と彼女の想いは、いつもすれ違っていたんだろうか……?」

「あなたがそんなに感傷的でなければ、もっと事は簡単なのに。あなたは最愛の人と結婚できるんですよ。両陛下のお許しを得ることができた。それどころか、手放しで喜んでくれている。しかも、それは初恋の女の子だった。一体、なんの不満があるんですか?」

確かにそうなのだ。しかし、そう考えても、あまり心が晴れないのは何故だろう。

もちろん、ルシエンナが僕を愛していないからだ!

しかし、それでも、僕は彼女を愛していくだろう。彼女を愛し、慈《いつく》しみ、守っていく。たとえ、同じだけの愛情を返してもらえなくても、僕はそうするだろう。

そう考えていくうちに、エディアルドは自分が酒を飲んで、取り乱していたことを恥ずかしく思った。

僕はルシェンナと結婚する。彼女と暮らしていくうちに、お互い本当の気持ちを表せるようになっていくに違いない。少なくとも、それは努力する価値があることだ。

いつか、きっと……。

彼女の頑《かたく》なな心を開いてみせる。

エディアルドはそう決心した。

結婚式の準備は着々と進んでいく。ルシェンナは毎日、ドレスの仮縫いや結婚式の手順のことで、忙しく過ごしていた。空いた時間には、王妃とお茶を飲んだり、話をしたりで、忙しくも楽しい日々ではあった。

結婚式は派手にはしないという話だったが、気がつけば、エディアルドの領地に向かう際に王都をパレードすることになっていた。充分、派手だと思うのだが。祝いの宴では近隣国の要人を招待せず、国内の要人だけを招待するので、そこが派手ではないということなのかもしれない。

ドレスだって、スカート部分がふわりと広がり、しかも裾《すそ》を長く引きずるのだ。ずいぶん、きらびやかだと言えるだろう。

とはいえ、ルシェンナの悩みは別に結婚式のことではない。エディアルドがあまり訪ねてきてくれないからだ。本当に愛想を尽かされてしまったのだろうか。たまに会っても、それは式の打ち合わせでしかない。ゆっくり話す暇もなく、慌ただしく彼は去っていく。

それはもう、仕方ないと諦めるしかないのだろうか。しかし、一緒に暮らしていくうち、何かが彼の心に芽生えるかもしれない。一度は、最愛の人だと言われたのだから、胸に希望を抱いていよう。

寵姫ルーナがアルマーストのルシェンナ王女だということは、すでに王宮中に広まっていた。しかも、エディアルドと結婚するのだ。西翼には用事がないので行かないが、もしトウリと会ったら、彼女は深々と頭を下げるのかもしれない。

しかし、西翼にはもうエディアルドは住まなくなる。今までですら、大して住んでもいなかったようだが、これからは主がいないということで、寂れていくだろう。あそこにいた女官は別のところに異動となるはずだが、トウリがどうなるのかは知らない。

ルシェンナが拉致された夜、あまりにも静かだったのは、トウリが何か指示を出していたのだろうとも思う。きっとエディアルドには忠実なのだろう。ルシェンナとは馬が合わなかったが、それももうどうでもいい話だ。

やがて、結婚式の前の日となった。

ルシェンナのドレスは出来上がり、宝石をつけたティアラも作られた。招待客は王宮の中に泊まっている。

いよいよだと思うと、何故だか頭が痛くなってくる。そんなときに、ルシェンナは王妃に呼ばれて、彼女のサロンに向かった。

そこは、彼女が自分のお客をもてなす部屋でもある。暖炉を中心にして、大きなソファや小さな椅子、テーブルがいくつも配置してあり、客は思い思いの場所に座り、それぞれいろんな話をするのだ。

ルシェンナがノックをして、その部屋に入ると、そこにはお客ではなく、国王とエディアルドがいた。エディアルドはルシェンナがここにやってきたことに、驚いているようだった。

王妃がここにルシェンナを連れてきたということは、何か重要な話があるのかもしれない。

でも、重要な話って、何……？

さっぱり判らないまま、王妃と共に、王と向かい合うところに座った。エディアルドは少し離れたところに腰かけている。

「さて、ここに来てもらったのは、おまえ達のことだ。結婚するというのに、あまり仲がよくないと、妃が心配していてな」

エディアルドは横から口を差し挟んだ。

「心配は無用です。結婚して、一緒に暮らせば、自然と仲良くなりますよ」

「いや、その……。実は、私がおまえ達の不仲の原因のひとつかもしれないと思ってな。やはり、結婚前に正直に告白しておいたほうがいいだろうと……」

「どういう意味ですか？　まさか、何かしたというのでは……？」

エディアルドの目がきらりと光った。彼には何か心当たりがあるようだ。ルシェンナには、さっぱり判らなかったが。

すると、国王は急に汗をかき出した。すると、王妃が王の隣に移動して、そっと励ますように腕に触れた。

「ルシェンナ姫を王宮の外に追い出したのは、私なんだ……！」

意外な告白に、ルシェンナは驚いた。しかし、もっと驚いたのは、それに続くエディアルドの言葉だった。

「やっぱり、そうでしたか。そんなことじゃないかと疑っていたんだ」

一体、どういうことなのだろう。判らないなりに、とにかく王が二人の仲を裂こうとしたらしいということだけは判った。

「わ、わたし……エディアルドに追い出されたんだと思っていたわ」

「僕が？　なんのために君を追い出すんだ？」

「だって、手紙が……。あなたからの手紙だって渡されて……」

あれは彼が書いたものではなかったの？　それを彼のものだと勘違いしていたの？

結婚式の前の夜に、今更ながらこんな話をしていることに、眩暈《めまい》を覚えた。

「ルシェンナ、この際だから、はっきり君の身に起こったことを聞いておこう。言っておくが、僕は君に手紙なんて書いていないんだ」

「え……じゃあ、あの手紙は誰が書いたの？」

エディアルドは王のほうへと視線を向けた。

「父上に決まっている。何しろ、父上の筆跡は、僕の筆跡ととても似ているんだ」

なんてことだろう。ルシェンナは彼ではなく、彼の名を騙《かた》った国王に追い出されていたのだ。国王がルシェンナを追い出そうとした理由は判る。寵姫が王宮にいては、エディアルドの結婚の邪魔になると思われていたからだ。

「あの夜……本を読んでいたら、リーフェンス隊の人だという兵士二人が部屋に入ってきたの。それで、わたしを追い出すように命令されたと言われて、あなたの手紙を渡された。わたしはあなたが書いたものだと思って……」

「中になんて書いてあった？」

「全部は読めなかったの。ただ、わたしとの間にあったことは気の迷いだったと……。他に好きな人ができたって……」

エディアルドはそれを聞いて、顔をしかめた。

「君はそれを信じたんだ？　僕が本気で心変わりしたと？」

「だって、あなたがリーフェンス隊の隊長だと知ってる人なんて、そうたくさんいないはずよ。あなたは王宮から離れるとき、とても楽しそうだったわ。だから、わたしにもう飽きてきたのかもしれないって……。手紙もくれなかったし、それに、あなたはいつも衝動的だったもの」

「僕が楽しそうだったのは……それも父上の企みなんだ。ねえ、父上？」

エディアルドに責めるような目で見られて、王は頷いた。

「私は寵姫を追い出すには、エディアルドを遠ざけなければならないと思ったんだ。それで、取引を持ちかけた。一ヵ月の間、寵姫と離れていて、心変わりしなければ、エディアルドの願いを許すという約束をした」

「願い……」

　彼の願いはなんだったのだろう。エディアルドを見つめると、彼はルシェンナを優しく見つめ返してきた。

　久しぶりに、そんな温かな瞳で見てくれた。ルシェンナはそれだけでも嬉しかった。

「君とずっと暮らしたいという願いだ。たった一ヵ月、離れていて、連絡もしなければ、君以外の女と結婚はしなくてもいいと言われた。ただし、君には何も言うなと。だから、それこそ楽しげに出ていったし、手紙も書けなかった。ところが、一ヵ月経って、帰ってきたら、君はいなくなったと……。ああ、また逃げたのかと、僕は思った」

　何か話が嚙み合わないところがあると思っていたら、エディアルドはルシェンナがまた逃げ出したと思っていたのだ。だから、ルシェンナを捜していたのだろう。パン売り娘の噂を聞いて、市場までやってきたのは、そういう理由からだったのか。

「わたし、逃げてないわ。あのとき、猿轡《さるぐつわ》を嚙まされて、手足も縛られて、布でぐるぐる巻きにされて、担ぎ出されたのよ。知らない場所で馬車から降ろされて……。王宮には二度と近づくなって。戻ってきたら、投獄されるかもしれないって……」

「それで、君は身ごもったことも知らせられなかったんだな……。もちろん戻ることもできなかった。たまたま親切なパン屋のおかみが面倒を見てくれたおかげで、なんとか助かったけど……父上、ひとつ間違えば大変なことになっていたことは、お判りでしょうね？」

　王は視線を逸らしたが、王妃に励まされて、ルシェンナのほうを向いた。

「本当に悪かった。だが、王宮から連れ出せとは命令したが、そこまで乱暴な真似をしろとは命令してないんだ」

ルシェンナは頷いた。そこまで悪意を持って命令したのではないということは、信じたかった。エディアルドが命令したと思っていたときも、それだけは信じていたのだから。

「命令された者は王の期待に応えようとしたんでしょうね。でも、あの二人は人の心が残っていたのか、わたしに暖を取るために布を残してくれました。ただのベッドの掛け布だったけど、あれでわたしは救われたんだと思っています」

寒い夜といっても、まだ冬ではなかったし、まさか凍死はしなかったと思うが、お腹の子はどうなっていたか判らない。

「君は優しいんだな……」

エディアルドはこちらに近づいてきて、ルシェンナの隣に座った。そして、そっと手を握った。

彼に触れられただけで、ルシェンナは今まで自分の中に張り詰めていたものがたちまち溶けてくるような気がした。お互いの誤解が解けたということもあるが、それ以上に、やはりエディアルドのどこか距離を置いた態度に、傷ついていたのだろう。

ルシェンナも彼の手を握り返した。思い切って、彼に目を向けると、彼も穏やかな目つきで見つめていてくれて……。

なんだか胸がドキドキしてきた。

長いこと、彼とは離れていたような気がした。そして、やっと心が通じ合うようになったような気もする。

エディアルドはルシェンナに微笑みかけ、手を取り合ったまま、王と王妃のほうに目を向けた。

「父上のしたことは許せないと思うが、話してくれてよかった。正直に話してくれたことで、父上が僕とルシェンナの結婚を心から祝福してくれたことが判りましたよ。そして、母上。父上に本当のことを話すように説得してくれて、ありがとう」

王妃は神妙な顔で首を振った。

「実は、わたしもこの計画のことは知っていたのよ。だけど、それがあなたのためだと信じていた。……ごめんなさいね、ルシェンナ。本当にひどい目に遭わせる気はなかったのに」

「いいえ。王妃様のお気持ちは理解できます。もちろん王様のお気持ちも」

「ありがとう。あなたはそうやって、誰かを憎んだりせずに、穏やかに多くの人を許していくのね。でも、そのほうがいいわ。アルマーストのことは本当に気の毒だったけど、誰かを憎んでも何も解決しない。もう、流れができてしまった以上、一人では止められないもの」

確かにそうだ。もちろん、止められるものなら止めたかった。けれども、自分の命を差し出したとしても、止められないものはある。そして、そのことで別の命を犠牲にはできなかった。再興を目指すということは、また国に混乱が起きて、民が傷つくということなのだ。

「二人で幸せになりなさい。そして、ルシェンナ姫。……できれば、わたし達を『お父様』と『お母様』と呼んでね」

王妃の温かな気持ちが、ルシェンナを涙ぐませた。

「はい、そう致します。お父様、お母様」

王妃も釣られたように涙ぐみながら頷いた。そして、王を促し、立ち上がった。

「しばらく、二人きりにしてあげるわ。でも、しばらくの間だけよ、エディアルド。明日は結婚式なんですからね！」

「判っていますよ、母上。僕達、必ず幸せになりますから」

エディアルドの手がしっかりとルシェンナの手を握り締めた。その力強さに、ルシェンナはうっとりする。彼が固い決意を持っているのが、判ったからだ。

王と王妃が部屋を出ていった後、エディアルドはルシェンナの両肩に手をかけて、自分のほうに向かせた。蕩《とろ》けそうな瞳で見つめられて、ルシェンナはそれだけで幸せな気分になった。

「君が逃げ出したと思い込んだ僕を許してくれるかい？」

「だって……あなたはわたしがいなくなったと聞いたんでしょう？」

「トウリがそう言った。たぶん彼女は父上から命令されていたと思うんだ。そうでなきゃ、リーフェンス隊を名乗る男が君の部屋に入り込めるはずがない」

「あの夜……とても静かだったの。みんな、西翼にはいないんじゃないかと思ったくらいに」

エディアルドは頷いた。

「全部、父上の謀《はかりごと》だったんだな。僕はそれに踊らされるところだった。ジェスが僕の目を覚ましてくれなかったら、君を捜すことも諦めて、酒に逃げていただろう」

「ジェスが？　わたし、ジェスに嫌われていると思っていたわ」

「嫌ってはいないさ。ただ、君のことは警戒していた。いや、僕の君に対する気持ちが傷つけられることを危ぶんでいたというか……。でも、ジェスに言われて、君の足取りを掴めるはずだという希望が湧いてきた。君を捕まえたら、絶対に結婚しようと思った。誰に反対されても、たとえ王子という立場を失ってでも……」

エディアルドの強い決意に触れて、ルシェンナは涙が零れてきた。

そこまで深い愛情をかけてくれていたのに、わたしは彼を疑っていた。彼の心変わりを当たり前のこととして、受け止めてしまっていた。

「ごめんなさいっ……。わたしこそ、あなたを信じていなかった。誰のものとも判らない手紙を読んで、あなたのものだと思い込んでしまった」

彼の愛が信じられなかったのだ。信じる力が足りなかった。

「わたし、あなたがもっと軽い気持ちでいると思っていた。あなたはいつも衝動的になんでも決めているように見えたし、わたしを抱いたのも、愛妾になれと強要したのも、王宮に連れてきたのも、全部、ただの思いつきで、すぐにわたしに飽きるんじゃないかって思ったの」

それを聞いて、エディアルドは複雑な表情になった。

「確かに……反論できない部分もあるね。でも、全部、君が好きだからだ。君を欲しいと思い、君を自分の傍から離したくないと思ったからだ。そのことは後悔していないよ」

ルシェンナは頷いた。

「わたしも……。結局、わたしも同じ気持ちだったから。身を穢してはいけないと思っていたのに、あなたに抱かれたかったし、アルマーストに帰らなくてはならないと思っていたのに、愛妾になることを同意した。本当は……あなたから離れたくなかったの。国に対する裏切りだと思ったわ。両親に誓ったのに……必ず国を再興すると……。でも、どうしても、あなたの傍にいたかったの」

「ルシェンナ……！」

エディアルドは感極まったように、ルシェンナの身体を抱き締めた。ルシェンナも彼の背中にそっと手を回した。

彼にこんなふうに抱擁されるのが好きだ。どんなことより、安らぎを感じる。そして、どんなものより、温かさを感じる。

「君は心が引き裂かれるようだったろうね。王女としての義務を考えると、つらかっただろう」

それはきっと、彼も同じように考えていたからだろう。王子として、王の定める相手と結婚しなくてはならないという気持ちと、ルシェンナと一緒にいたいという気持ちに、彼もまた引き裂かれていたのだ。

「アルマーストの王女だということを言えなくて、ごめんなさい。最初は、自分の立場として、言うわけにはいかないと思ったの。でも、あなたがレネシスの王子だと判ってからは……わたしが亡国の王女だと判ったら、余計に一緒にいられなくなるんじゃないかと怖くて……」

「もう……いいんだ。僕は……いや、僕達は互いに相手の心を誤解し合っていたんだ。もう、僕は絶対に君を放したくない。愛しているよ、ルシェンナ。心から、愛しているよ」

エディアルドの言葉が胸の奥まで沁み透ってきた。

ああ、彼は確かにわたしを愛してくれている。

「わたしも……あなたを愛してる。あなたと絶対離れたくない。あなたと暮らして、あなたの子を産んで、命ある限りずっとあなたの傍にいるわ……」

最後のほうには涙声になっていた。もう、涙が止まらない。けれども、これは嬉しい涙だ。未来へ繋がる涙なのだ。

顔をそっと上げると、エディアルドの目にも涙が光っていた。それでも、彼はルシェンナを見つめて、優しく微笑んだ。

「明日は結婚式だよ。花嫁は泣いてはいけないんだ。とびっきりの笑顔でいなくちゃ」

ルシェンナはそれを聞いて、なんとか微笑んだ。エディアルドはそれを見て頷き、ルシエンナの頬に両手を添える。

「明日、子供の頃の約束を果たすよ、おちび姫」

ルシェンナは思わず笑ってしまった。

「覚えていたの？　わたしがプロポーズしたこと」

お嫁さんにしてほしいと言ったら、大きくなったらねと返された。あんな小さな子供の言うことを覚えていてくれたのだ。ルシェンナは胸の中が温かくなってきた。

「忘れてなかった。あれが僕の淡い初恋だからね」

「わたしの初恋でもあるわ……」

二人とも微笑み合った。ほとんど消えかかっていた記憶だが、人形のように綺麗な顔の王子様のことだけは覚えている。その顔が、今のエディアルドの顔と重なった。

「幸せになろう、ルシェンナ」

「ええ……。必ず」

目を閉じると、柔らかい唇が重なる。

それは幸福という名のキスだった。

第八章　ロイヤルウェディングは永遠に

翌日、結婚式は王宮の礼拝堂で、厳《おごそ》かに執《と》り行われた。国内のたくさんの招待客に見守られていたが、ルシェンナが何より心強かったのは、メリルがいてくれたからだ。彼女だけでなく、クルスや、サリ一家もエディアルドが呼んでくれた。

精一杯の晴れ着を着て、末席にいたサリ一家は、豪華なドレスの長い裾を引きずって通路を歩くルシェンナを見て、目を丸くしていた。ルシェンナと目が合うと、サリはウィンクしてくる。ルシェンナは微笑みながら、かすかに頷いた。

ルシェンナとエディアルドは王族として特別な誓いの言葉を交わし、永遠の愛のために口づけを交わした。二人が晴れて夫婦となったという宣言がなされたとき、ルシェンナはエディアルドと微笑み合った。

祝いの宴はそれから何時間も行なわれたようだが、二人は途中で退席した。それが婚礼の慣わしだからだ。

それから、白馬が引く屋根のない馬車に乗り込み、王都でのパレードが始まった。

大通りには多くの民が集っている。みんなが大騒ぎで手を振ってくれるので、ルシェンナも彼らに手を振り返した。

「ルーナだ！」

「まさか……！」

「いや、ルーナだって！　ルーナ！」

ルシェンナは懸命に笑顔で手を振った。市場で働いていた頃のことを懐かしく思い出し、そうせずにはいられなかった。

ふと、馬車が通る道の際に立っているのに、まったく手を振らない男が佇んでいるのが見えた。

「スティル……！」

彼はじっとルシェンナだけを見つめていた。何か遠い過去を見るような目つきでいたが、ふっと微笑み、そして馬車が通り過ぎると、人込みの中に消えていった。

「あの男は……君のことが好きだったんだな」

エディアルドの言葉に、ルシェンナは頷いた。

心が少し痛むが、もう仕方のないことだ。ルシェンナは笑顔になり、みんなに手を振った。自分がこんなふうに彼らの前に出る機会はもうないだろうと思うからだ。

わたしはもうアルマーストの王女ではない。レネシスの第三王子の妃だ。そして、外交のことを考えると、決して目立ってはいけない存在だからだ。

しかし、ルシェンナは幸せだった。エディアルドに愛され、彼と結婚できた。子にも恵まれ、これから二人の生活が始まる。

パレードは王都の外れまで続き、そこで箱型の馬車に乗り換えると、領地までの旅が始まった。

そして、屋敷に辿り着いたときには、すでに夜になっていた。

屋敷にはもうメリルとクルスが先に着いていて、二人を歓迎してくれた。二人だけではなく、他の召使いもすべて揃っていて、玄関で並んで迎えてくれたのだ。

「ご結婚おめでとうございます！」

みんなが口々に祝いの言葉をかけてくれる。その中に、ずっと二人に付き添っていたジェスも交じっている。

「どうぞお幸せに。奥様をおもらいになったことだし、私もそろそろ王子のお守り役をやめなくてはいけませんね」

エディアルドが眉をひそめた。

「僕は別におまえにお守り役を頼んだ覚えはないぞ」

「頼まれなくても、それが当たり前だったからですよ。でも、これからはあなたに意見するのは遠慮しておきますよ」

「どうかな。おまえは今までどおり、僕に図々しく意見してくると思うな」

ジェスは笑いながら、肩をすくめた。

「生まれながらの役目でしょうかね」

けれども、ジェスは決してそれを嫌がっているわけではないのだろう。乳兄弟の二人は、これからも仲良くやっていくに違いない。

「さあ、お腹がお空きになったでしょう。まずは旅の埃を落としてから、お夕食に致しましょうか」

メリルの言葉に、エディアルドは頷いた。

「ルシェンナの部屋は？」

メリルは満面の笑みで答えた。

「もちろん、お妃様のお部屋は王子様と同じお部屋ですよ」


料理人がお祝いとして作ってくれた心尽くしの夕食をいただいた後、二人は寝室へと向かった。

以前、ここにいたとき、ルシェンナは客室をあてがわれていた。それはエディアルドの寝室に近い部屋ではあったが、二人が夫婦でない以上、同じ寝室を使うことはなかったし、同じベッドで眠ることはなかった。

あのときのルシェンナは愛妾であったからだ。だが、今は違う。

夫婦の寝室は、前にエディアルドが一人で使っていた寝室だった。しかし、内装は前と変わっている。重厚な雰囲気だった壁紙も張り替えてあり、明るくなっていた。同じものは四柱式のベッドだけだ。そのベッドでさえ、天蓋から垂れている布が明るい色に替えられていた。

「この部屋はメリルが改装してくれたんだが、どうだろう？　もし君が違う色にしたいというなら変えてもいいが」

「いいえ、とてもいい色だと思うわ。メリルはわたしが好きな色を知っているのよ」

ルシェンナはベッドに近づき、寝具の上にかけられている布を撫でた。

「その布はまとってほしくないな」

エディアルドは後ろから近づいてきて、ルシェンナの首筋にキスをした。

「あ……エディアルド……」

「もう待てないよ。ずっと……待っていたんだから」

出会った最初の夜から、ほぼ毎晩のように二人は抱き合っていた。それが、彼が父との約束で王宮を離れて以来、ずっとベッドに共にすることはなかったのだ。

ルシェンナだって、彼が恋しかった。恋しくて恋しくてたまらなくて、サリの店で暮らしている頃は、時々そっと泣いていたくらいだ。

一時はもう二人の運命は交わることはないのだと思ったこともあった。一人で子を産み、育てるのだと。

しかし、こうして二人は夫婦になることができた。レネシスの国中の祝福を受けて、結婚できたのだ。

「ルシェンナ……」

「ルーナでいいわ。あなたのルーナ……あなただけのルーナよ」

「ああ、ルーナ！」

エディアルドはドレスの背中のボタンに手をかけた。小さなボタンをもどかしげに外して、身に着けていたものを一枚、また一枚と脱がせていく。

「見せてくれ……。君の身体を」

エディアルドは最後に残ったシュミーズを荒々しく剝ぎ取った。そして、うっとりと見つめ、腹部に手をやった。

「ここに赤ん坊がいるんだな。少し膨らんだか？」

「ええ。今はまだ目立たないけど、あっという間に大きなお腹になるわ」

「楽しみだ……」

エディアルドは目を輝かせて、ルシェンナの身体を抱きかかえると、ベッドの上に乗せた。そして、自分も手早く服を脱ぎ、ルシェンナに覆いかぶさってくる。

肌と肌が触れ合い、ルシェンナは陶然とした。この感触が好きなのだ。しかし、単に肌の感触が好きだというわけではない。エディアルドの肌だから、触れるだけでも気持ちよくなれる。

好きでたまらない人の肌だから。愛する人の肌だから。

「あなたと身体が触れ合うのが好きなの……」

素直にそう告げると、エディアルドはふっと笑った。

「君は猫みたいに撫でられるのが好きだったな」

エディアルドはふざけたように、ルシェンナの喉を撫でた。ルシェンナは喉こそ鳴らさなかったが、くすぐったくて身体をひねり、彼に擦りつけた。

「甘えん坊の子猫だね。……可愛くてたまらないよ」

彼はルシェンナの身体のあちこちを撫でていく。ルシェンナは気持ちよすぎて、身をよじる羽目になった。

なんでもないところばかり撫でられているのに、その有様なのだ。敏感なところなら、一体どうなるのだろう。

そう思っていたときに、彼はルシェンナの胸の膨らみに触れてきた。全体を両手に収め、それからぐっと持ち上げる。

「あ……っ」

「痛い？」

「そんなことない……。でも、ちょっと敏感になっているから」

エディアルドは胸に顔を寄せると、その頂《いただき》に唇をそっとつけた。

「ああ……エディアルド……」

優しく舌を這わされて、身体が震えた。久しぶりだからというのもあるが、ほんの少しの刺激で、こうなってしまうのだ。

軽く舌が触れるだけで、乳首だけでなく、脚の間もじんじんと痺《しび》れたように熱くなってくる。こんなに興奮しているのは、初めてかもしれない。

「お……お願い……」

「何をお願いしているんだ？　何かしてほしいことがある？」

「さ、触って……」

それだけ言うのにも、勇気が必要だった。それなのに、エディアルドはにやりと笑うと、もったいぶった態度でルシェンナの顎《あご》に手をかける。そして、じっと瞳を見つめてきた。

「どこに触ってほしい？」

ルシェンナは顔を真っ赤にして、口ごもった。

「どこって……」

「どこがいいのか、はっきりしてくれないと困るな」

エディアルドはわざとルシェンナを揶揄って遊んでいるのだ。ルシェンナは恥ずかしくて仕方がなかったが、そっと脚を開いた。そして、彼の手を取り、その脚の間にそれを導いた。

「……ここよ」

エディアルドはまだにやにやとしている。

「こんなふうに？」

彼はルシェンナの花弁の形をゆっくりとなぞった。敏感になっているというのに、そんな触り方をされると、身体がもどかしげに揺れてしまった。まるで、催促するように。

エディアルドはルシェンナの顔を見ながら、手探りでそこに触れている。表情を観察されていると思うと、恥ずかしいのに、変な気分になってくる。

「キスして……っ」

「どこに？」

「イジワル」

拗ねたルシェンナの口ぶりが面白かったのか、彼は笑い声を上げた。

「うん。僕は意地悪かもね。でも、君が可愛いから意地悪するんだよ」

彼はルシェンナの脚を大きく広げると、その中央に唇をつけた。

「あっ……あぁっ……」

敏感な芯を柔らかい舌が舐《な》めている。ルシェンナは大きく何度も身体を震わせていたが、そのうちに小刻みに震えてきた。

身体が熱い。身体の中まで熱くなっている。頭も熱に浮かされたみたいに、もう彼が与えてくれる快感のことしか考えられなかった。

秘部の中にそっと指が忍び込んでくる。ルシェンナは思わずそれを締めつけていた。それに気づき、エディアルドは小さく笑った。

「待ちきれなかった？　僕もだよ」

彼は指を抜き差しして、ルシェンナの快感を高めていく。そして、そのうちに、もちろんルシェンナは指だけでは物足りなくなってくるのだ。

「ああ……エディアルド……っ」

ルシェンナは彼の名前を呟いた。

「君は僕に何をしてもらいたい？」

「抱いて。抱いてほしいの……。あなたが欲しい」

エディアルドは顔を上げて、柔らかく微笑んだ。そして、ゆっくりとルシェンナを気遣うように、身体を重ねてきた。

ルシェンナは欲しいものがやっと得られて、ほっとして、深く息をついた。エディアルドはそれを見て、ルシェンナの身体をぎゅっと抱き締めると、繋がったまま抱き起こした。

二人は向き合い、抱き合っている。まだ行為の最中で、終わっていないのに、なんだかとても幸せな気分だった。ルシェンナはエディアルドの背中に手を回して、ぎゅっと抱き締める。裸の身体が触れて、体温が伝わってきた。

ルシェンナは彼の背中に手を這わせた。この肌の感触が好き。温もりが好き。背中まで届いている金色の髪の手触りも好き。何より、彼が好きでならない。

こうしていると、愛しさが増していく。本当に不思議な気持ちになってくる。

エディアルドがそっと唇を重ねてきた。舌で口の中をかき回されていくうちに、安らぎよりも衝動が高まり、ルシェンナは腰を揺らした。

彼は唇を離した。

「自分で動いてみる？」

「えっ……？」

彼は後ろ向きに倒れた。すると、ルシェンナだけが取り残されて、彼の上に乗っているような状態になった。

「わたしが……動くの？」

何度も抱き合ったが、それはしたことがない。ルシェンナは戸惑った。けれども、やはりこのままでは嫌だ。身体中に熱が充満していて、これを発散しないことにはどうしようもなかった。

ルシェンナはそろそろと腰を上下させていく。

「あっ……あん……」

腰を下ろしきったときに、奥のほうに甘い衝撃が走った。ルシェンナは急にたまらなくなって、何度も繰り返し腰を動かした。

エディアルドはそんなルシェンナの姿を観察しているようだった。

「いいよ……。すごくいい。ルーナ……感じるよ」

彼の言葉に励まされて、ルシェンナはもう夢中になって腰を振っていた。もう、何がなんだか判らない。ただ、確かな快感を求めて、懸命に動いていった。

しかし、エディアルドはまた起き上がると、最初のようにルシェンナを下にした。

「君をもっと感じさせたいけど……。もう我慢できないんだ」

エディアルドはルシェンナが体勢を整える前に、奥まで突いた。何度も何度も突かれて、ルシェンナは身体を震わせた。

「あぁっ……あっ……ああっ」

やはり自分で動くより、ずっと気持ちがいい。ルシェンナは彼の首に腕を回した。すると、一気に熱が高まり、抑えが利かなくなる。

ルシェンナはぎゅっと目をつぶって、昇りつめた。

「ルーナ……！」

エディアルドもまたルシェンナの身体を強く抱き締めて、熱を放った。一瞬の強烈な快感の後、二人には至福の境地が訪れる。

ああ、もう離れたくない……！

そう思うくらい、ルシェンナは幸せだった。


「ねえ、男の子がいい？　それとも、女の子？」

ベッドの中で、ルシェンナは甘えるような声でエディアルドに尋ねた。

二人とも裸のままで、さっきからずっと戯《たわむ》れ合っている。お互いの身体に触れたり、キスしたり……。そんなことが、今は嬉しくてたまらないのだ。

「そうだな。男の子……。いや、女の子？　いや、どっちもいいな。健康であればね。ただ、君に似た女の子なら、いろいろ大変かもしれない」

「どうして？」

「娘を巡って、争いが起きるかもしれない。きっと物凄い美人で、気立てのいい娘に育つから、世の男達は娘が欲しくて、争うんだ」

ルシェンナはそんな想像をしているエディアルドがおかしくて、笑い出した。

「笑い事じゃないぞ。パレードをしているときに、たくさんの人がルーナの名を呼んでいた。君は市場でも相当な人気者だったようだな」

「この黒髪のせいよ」

エディアルドはじっとその髪を見て、そっと撫でた。

「いいや……。髪のせいだけじゃないさ。君は……高貴な血を受け継ぎ、誰にもひけを取らない美貌と黒髪を持ち、品のよさを兼ね備え……それなのにどこか庶民的でもあるんだ。本気で他人の心配をするしね。要するに……」

「要するに？」

エディアルドはルシェンナの肩を抱き寄せ、顔を近づける。

「要するに、僕は君のことを愛してるってことだ」

いや、そんな話をしていただろうか。確か、男の子がいいか女の子がいいかという話をしていたはずなのに。

「わたしもあなたに似た息子が生まれたら、気が気じゃないかもしれない。きっとその子は、女の子の心を弄《もてあそ》ぶに違いないから」

エディアルドは眉を上げた。

「僕は君の心を弄んだつもりはないよ」

「でも、何度も、あなたはわたしに胸が張り裂けそうな想いをさせたわ。最初から結婚しないって……。あなたが他の誰かを花嫁にすることを想像したら……」

ルシェンナはふとそのときのことを思い出し、泣きそうになった。エディアルドは慌てて、ルシェンナの唇に軽いキスをした。

「ごめん……。本当にそうだね。あの頃は自分の気持ちに気づいてなかったんだ。でも、そのうちに気がついた。君以外の人とは絶対に結婚できないってね」

「本当……？」

「ああ。本当だ。だから、父上とあんな約束をしたんだ。愚かにもね」

ルシェンナは彼に短いキスのお返しをした。

「わたしもあなたを愛してる……。あなたのすべて。あなたと暮らす日々。あなたの息子や娘に囲まれる日々もすべて愛してるわ」

やはり堪えきれずに、また涙が溢れ出てきた。今日はなんだか一段と涙腺が弱い。婚礼の夜だから、特別なのかもしれない。

「ルーナ……。僕だけのルーナ。愛してる……」

エディアルドはゆっくりと唇を重ねてきた。

舌が触れ合い、すぐに彼の口づけはルシェンナの身体の芯まで溶かしていく。

これが幸せなのね……。

他に何もいない。欲しいのはあなただけ。

愛しさが溢れてきて、ルシェンナは彼にすべてを託した。

あとがき

こんにちは。水島忍《みずしましのぶ》です。「買われた王女」、いかがでしたでしょうか。楽しんでいただけたら嬉しいです。

今回の話はファンタジーです。ヒロインの王女様が奴隷になって、ヒーローに買われる話……って、タイトルそのまんまですね（笑）。ヒーローは実は他国の王子様なのですが、お互いに素性を隠していて、二人とも名前を二つ持っていたりして、なんかややこしいことになっています。

ルシェンナは運命に翻弄《ほんろう》されつつも、ある意味、わが道を行くというか、芯《しん》の強いお姫様です。エディアルドに無理やり愛妾にされて、どんなに好きになっても結婚できないと告げられながら、結局は愛することを選ぶ乙女。王女としての義務やら、祖国への想い、両親との約束……いろいろありますが、花も嵐も踏み越えて、波乱万丈《はらんばんじょう》に生きるお姫様の恋を楽しんでくださいね。エディアルドの視点からも書いているので、二人のすれ違いぶりも面白いと思います。

今回のイラストは秋那《あきな》ノン先生です。前回描いていただいたときは現代ものでしたが、ファンタジーものでも変わりなく、とっても素敵なイラストで嬉しいです。秋那先生が描かれる女の子はめちゃ可愛いですよね～。どうもありがとうございました。

それでは、このへんで。

買《か》われた王女《おうじょ》

ティアラ文庫をお買いあげいただき、ありがとうございます。
この作品を読んでのご意見・ご感想をお待ちしております。

✦ファンレターの宛先✦
〒102-0072　東京都千代田区飯田橋3-3-1
プランタン出版　ティアラ文庫編集部気付
水島忍先生係／秋那ノン先生係

ティアラ文庫WEBサイト
http://www.tiarabunko.jp/

著者——**水島忍**（みずしま　しのぶ）
挿絵——**秋那ノン**（あきな　のん）
発行——**プランタン出版**
発売——**フランス書院**
〒102-0072　東京都千代田区飯田橋3-3-1
電話（営業）03-5226-5744
（編集）03-5226-5742
印刷——誠宏印刷
製本——若林製本工場

ISBN978-4-8296-6603-6 C0193

落丁・乱丁本は当社営業部宛にお送りください。お取替えいたします。
定価・発行日はカバーに表示してあります。